河井 洋詩集

Kawai Hiroshi

代詩文庫

119

土曜美術社出版販売

新・日本現代詩文庫　119　河井　洋詩集　目次

詩篇

詩篇

詩集『やさしい朝』（一九七〇年）抄

いのち

草蒸《くさいき》れの底　少年が見た蛇の道
イガ・イガの草の種痛く　井戸の底
果てしない　しじみちょうの交接

河

逆のめぐりあわせというものがある
その人と流れながら
河であることを気づかない

朝
電車にもまれて
その人とだきあうようにして席をゆずった
あれは雲
同じ形で二度とあうこともあるまい
少年の日ならせなかった口笛みたいに
むなしい河がとうとつに流れる

河は意識か
ちかづけば水だけが流れる
その人の消えたドアに写る
チロチロともえるぼくの目
瞳孔の底で
ほろにがさが
鈍色ににじんでいた

このごろ

己の業を示す数の地蔵に
赤いヒラヒラを数え
数えきれず山頂にあえぐ

山にきたのは
人であることのやくそくか
昔　ここが海であったという
死児の歳を数える母のやり方を
顔で拒みながら
角のない石を積む

なにもかも透き通った季節に
いっときぼくは裸体をさらしていたが
夕陽の未練が
わずかに湖を暗くして
自分の位置だけをうきぼりにする
己を律するにきびしすぎはしなかったか
他人におしつけることも

くずれる

狂ったようにぼくはかけた
遠く人工の湖に　身をしずめようと
その時　母は　うしろで
ぼくを抱きしめたかもしれない

メルヘン・以後

ぼくは知っている

まんぼうの向こうで泣いていた子供を

母は宇宙だ
闇のなかでとつぜんやってきて
ぼくをつつみ
ふいにきびしい目で
ぼくをおきざりにする

闇は理解できないまんぼうだ
巨大な色のない蟻がすむ
ぼくはチョークの線を武器にするが
とじること（円）をしらないから
書きつづけないと殺される
前と後ろは　ふりむくと反対になる
左と右も　同じようにして覚えた
が蟻は一匹でないらしい
ぼくは毎晩　指の数より多く殺される

おはじきの数をかぞえなさい

母はそういってまたいってしまう

夜の数の何倍も歩いた
水平の広がりを好む
耳の奥で　かたつむりは
鉛直のゆさぶりに耐えて
むらさきの空を　這い回る

まだあけぬ路地の奥
人の子は　激しく戸をたたき
木枯しの外に　ぼくをつれだす
やはり
こんな寒い朝のことだったか

激しく泣いて　母を求めたのは

浅い夢

夜をはさんで河をくだった
ふりむくと
ぼくのうしろでぼくがきえ
なつかしい人たちの煙が
ならわしの水面をただよっていた

いつわりの谷をすぎ
ただかなしみの淵に
とじこめられた海のさかなを訪ね
石を焼き
苔のはらわたを割いた

かつてぼくは千年の香を
ぼんのくぼの白い脂と重ね
大人への距離を
あこがれと憎しみとでうめた
ちぎりでない夜のために
いつわりの舌は顔を
足の裏と交互にしてまでなめ
ひそやかに　だいたんに
少年を脱した

浅いねむりのあと
つつしみぶかいあなたまでが
牛の胃袋を武器に
おさまりかけた波の背に
歯型を　きざめ　という
拒みきれない弱さと

拒みきれない強さが
同じ舟の上でもつれあい
また　ひとつの　こだわりをうむ

あなたは
あなたの子の母では　なかったか
いえ　わたしは　あなたの子となるのです
よどみにうかぶ　うたかた
たとえようもない
かなしさをせおい
うまれては　きえていく

陸橋

けさもまたひとつ
ほろにがさをくわえ
暗い汗の夢をみた

なにかがあるように
そこだけがあかるく
あなたは
陸橋のうえに立ち止まる

今　汽車は
おびただしい蒸気をふきあげ
とおりすぎた
未明の空気が　のどに痛い

まゆが暗いのは
人を待っているせいなのか
いや
やはり朝がもたらす
同じおもいなのだろう

どこかで
金モクセイの雨がふる
それをあなたは
待っているのかもしれない

運河

沈床のブロックが
波影のなかにわずかにのぞく朝
満ちてくる潮は
きのうのきょうをぶりかえす

ふりむくな　とあなたはいうか
おそらく　そういわねばならぬ
汗の冷たさに

人であることのやくそくが
ほほをわずかにこわばらせる

メタンのあぶくにも似た
今日のはじまり
ただするどく　あなたの糸切り歯が
よどんだ空気を
決意のようにかみくだく

みちてくる潮
かくされていくおもい
すべての善意が鈍色にただよう河面
やがて
おもいつめたようにルージュひく
日常への　太陽が昇る

竹林

ここでは
すべての感情が
純度の高い　哀しみ　と知覚される

葉もれ陽は　重さのない着物だ
ただ肉のなごりが
遠い海鳴りを求めて
さまよっている

一乗寺の秋

かなしさが
とうめいな大気にとけて
かすかにふれる
ものうい　午後のめざめ

過客《すぐるもの》の気やすさで
石のゆううつが程《ほど》を編む
抱かれる　ふところの石段

読経のひびきに
鳴る鐘の色　かたむけて
しろい　穂のようなものと
こう　手をあわす　けなげさよ

詩集『**やさしい朝**』（一九七五年）抄

山電姫路駅裏通り

（一）

ほれた女の髪のように
また　へそのおの季節がきた

ここでは帰れない男達が
トウモロコシをかじる
ほれた女の肌のように
しゅんかんをつらぬく熱痛

しゃがみこんで動かない
うちわの女たち
ちぢみとはらまきの男たち
ここではだれもがことばさえ小便くさい

ニイサンもう帰るンケエ

三年もむかしのことだ
焼肉のけむりのなか
もうちょっとむこうに
いま殺したばかりの肢体があるような
その内臓さえ余すことなくたたきこむ
夜の胃袋

ほれた女が
ホルモン焼きの味をおしえてくれた
ニンニクと唐がらしにはまいったが
同じにおいのつけものには舌鼓した
ほれた女は　けなげだ

おれが残したものしか食べようとしない
だから　おれは
むりして　はしをつける

角をいくつかまわって
西魚町のあかりにぬける
もう　ほれた女の影はないのだ
時折　ひけどきを過ぎた　アルサロの女が
男をつれて路地に消える

ここを過ぎるものは
しょせん　流れの虫よ
と　うそぶいてはみるが
ほれた女が　あるいはおれが
すてた手袋の内に
すてきれない何をみたのか

おそらく
ただ夜光虫だけが光る暗い海峡を
その習慣の距離を
ちがう！
ただ　おれの小心
おれの　おれの　おれの　おれのだ
トウモロコシをかじりながら
おれの足は
また別の暗がりに向っていた

（二）

日曜日もこれで終りね
とホームでひとの子を見送る
うしろめたい
子の母と情人の夕ぐれ

けなげにもみえなくなるまで手をふる子供に
いつになくほろにがいものがながれ
じゃわたしたちもこのままで
とすずしいめせんつくり
たがいにあわただしいふりをしてわかれる
なにか忘れものをしたような夕もえに
こらえていたものをふりかえり
人ごえをかきわけるが
はっきりとした　しるしはもうない

ふいに花うり娘がくず花をさし出す
ガード下でのいつものことだ

この娘に哀しい殺意を抱く
娘は耐えるように口もとをゆがめる
ありがとうをいえない年齢なのだ

おれはだまってあきないをする
この娘のやりかたがわかる

もう激しく訴えるものには耐えられない
人のそでをひく　女たち
ゴミ箱をさぐる老人
母のない子も
みえなくなるまで手をふっていた子供にしてもだ

いつになったら強いこころになれるのか
おれは母と流浪している夢をみる
水の村で
母はグラマンをさけるため草むらに伏せる
一匹のあおいへびがおれをとらえる
おれは
母がへびを殺す白昼の夢におびえる

どこまできてしまったのか　おれのこころ
あわいものがながれるはいいろのまち
おなじ風景をくりかえしながら
おれは知るかぎりの日本をかけめぐる
自身の方向を定められないままに
内臓を焼くけむりのなかで
数の人になろうとつとめるのだ

忘れようとするやさしい人たちの顔が
コップの底であざやかによみがえる
こんなとき他人の子が
人の子として手をふる
このまちの窓を
みたような気もする

（三）

通り過ぎてゆくもののきやすさで
このまちを離れたい
だけど　醜聞をまきちらして旅行する
高名な方のようには
とても耐えることのできない弱いこころが
低いのれんをくぐらせる
今日も　飲みつけない酒をあおって
うなぎの寝床そのものへ帰っていく

子供のころ　むろん今もそうだが
夕方になっても家に帰るのがいやだった
待っている父や母　数多くの兄姉が
おそらく　金さえあれば
バラバラにくずれてしまうであろう

つながりのなかで
おれは少しばかり頭のよい末っ子として
母の　それでも罪つくりだという
五円のコロッケを
しょうゆでおもいっきりしょっぱくして
しゃりをかきこむ　ガキだった

ガキを過ぎても
心はそのままドブ板をゲタで踏み鳴らしている
人なみに
人なみのつきあいを　と思いながら
子もちのアルサロ勤めの女とか
ただヘラヘラ笑うだけのマスオ君などと
偽りの交友を重ねている
おまえら　みんな死ね！
そう思うことだけがほんとうの愛情であると
いくどもいくどもくりかえしながら

じつは　ふるさとに居る
精薄の長兄ひとり殺せずにいる
盆と正月　年にたった二度
もう一人の兄とまくらをならべながら
母の死後の長兄の行く末に
気も遠くなるような沈黙を重ねるのだ
山電姫路駅裏通り
石油缶の半切りにぬくみをとるポンビキの女
酔ったふりをしてついていく男
夜が夜であることを重ねながら
人が人であることを知らされない
あるいは気づきながら流されていく

どこまでまちがってしまったのか
このふきでものの人生
まだ下があると思うことのやすらぎと
そう思うことの罪の意識

おれはいつか見たことがある
そのころすでに四十過ぎていた母が
娘のように泣きじゃくる朝を
夢のなかで長兄を殺したという
その時　母は　死人のように美しかった

なによりも
人でありたいと願うこころが
人であることをすてさせる
おなじ風景をくりかえしながら
おれは日の丸のようにゆれうごく

ゆれてあることが人であることの証明なら
顔にはられた
動かない日の丸《れってる》は　何んだ

朝鮮とかオキナワとか未解放部落とか
不具者とか　貧困とか
られつする　日本のことばを
自分と
山電姫路駅裏通りとの間で
終りのない　グチともいうべき方法を
くりかえしている

(四)

恋人たちのように
みぞれのなかを
だきあうようにかけた
人としての会話もとぎれ
気がつけば朝
情のなごりのように

ネック・タイを締めるのがもどかしく
みつめる女の目
あゝ　アンがはいっているわと
昨夜のタイヤキのしっぽをかじりながら
むしろ　冷めたく存在するがゆえのぬくみを
感じることのできる
哀しい大人であるがゆえに

まったく知らないであろう少女が
なにかの席で口にした
娼婦的なということばの意味を
娼婦である女を前にして
牛の胃袋のように　はんすうする

それは
めまいのような　ひととき
美しいわとしかいわざるをえなかった詩人

のありのままをみるように
娼婦の朝のこころには
障子にうつる　まどろみ
あるいは
美しいわ
と流れる鈍色の決意を
スプーンですくいあげていたのかもしれない

その時
女は娼婦であったか〈娘のように〉
えんにちの紅いひがさを　クル　クルッと
おもいだしたかのように
あかるい　しのびわらいを

ふいに冷めたいものが背すじをつらぬく
それは　この女の指先き　であったか
あるいはおれの記憶そのものの冬か

ちがう！
娼婦ということばをへいぜんと使える
少女〈あるいは強い心〉への距離だ

この裏通りの
かたちばかりの　まどに
美しいわ
とめざめながら　ながされていく
女と
よそものの朝が――。

（五）

酔いざめは
いつもさびしいものだ
天井板のないトタン屋根の下で

おれは硬直した父のからだを棺に移す
泣く母をしかりとばし
きれいに洗った角のない小石で
棺のくぎを打つ

三年も寝込んだ末の父の死だ
酒でものまなければやりきれない
場末の酒場　くちべにをぬりたくった女が
人なみにおれをなぐさめようとするから
憎らしくて好いてしまった

通りすぎて行くだけのものは
きまってうれしいことばをなげかけてくれる
ふし穴のこころに
ときには罪なゆめさえいだかせて
木綿のくらしにせめてなりたいと願う
血の家族にさえ　隙間風を吹きはさんでいく

夢もときにあざやかなものだ
だが　夢であるかぎり　さめるときがくる
その時はその時よ
女はそこにいあわせたというだけで罪なものだ
ただ同じように
泣いてくれるというだけのことならば
そこにいるのは　だれ
どうしておれの名をよぶのか
暗くてなにもわからない

だけどほんとうは知っている
とてもたちきることができない血のつながりが
自分から夢を遠ざけているのだ

いつになったらほんとうの朝がくるのか

あせばむ女のうでのなか

しらじらと始発の電車がきしむ
朝は　儀礼分だけ　その想いをあらたに
また人と人のうしろに
決意をしのばせていくのだ

（終章）

静岡県藤枝市青島町
静岡県浜名郡湖西町
静岡県富士見市
静岡県清水市三保本町
山梨県南都留郡
滋賀県湖西郡湖西町
兵庫県揖保郡太子町
兵庫県姫路市飾磨区妻鹿字甲琵琶

――私のこと憶えていますか、多分忘れてしまっておられるかも。でも、私の方は憶えていますよ。姜末子です。思い出してくれたでしょうか。私、昨年の四月から岡山の方に来ています。住居は裏書きの通りです。観光バスのガイドをしています。

昭和四十年十月二十五日　父淳三死亡

――わたし、あなたの手紙がこないので心配しています。体があまり丈夫でないと以前言っていましたね、だから。ひょっとしたら病気かもと思ったり。とにかくおからだだけは十分注意なさって下さい、わたしこのごろ詩をかいています。同封しますから笑わないで読んでください。

昭和四十二年六月　山口県徳山市青山町

――手紙、何度出しても返ってくるので、おもいきって姫路の出張所に電話しました。ゴメンナサイ！　女の人が親切におしえてくれました。感じのいい方でとてもうれしかったです。もう一年もあなたのお返事、いただいていません、迷惑なのでしょうか。

私の方でも異動があります。Ｒバスをやめて半年前から化粧品の会社に勤めています。セールスの人たちに化粧指導をしています。男の人にも教えるのですよ。

新しい住居は岡山県倉敷市連島町連島　つけくわえて今　岩本姓を使っています。

昭和四十二年十二月　大阪府豊中市上新田

昭和四十四年九月　山電姫路駅裏通りという題名で詩を書き始める

──やはり、あなたも私が韓国人であることにこだわっていたわけですね。
でも、そう言ってくれたことをうれしく思います。だれも、自分のことが一番大切なのです。あなたも、私のことなど忘れてください。ただ、あなたにしてもと思うことだけが淋しいおもいです。

人としての、いえそのことばが今はみにくいものに思えます。ほんとうは、だれも、ふりむいてはいけなかったのです。あなたのお気持をさわがしたということをおわびします。

昭和四十四年十二月　和歌山市港御膳松
昭和四十五年二月　姫路市飾磨区妻鹿

幼年期の終り

昭和十八年四月　出生

記憶の出発は　ぬくみのなかで
魚くさいろうそくの炎をみつめている
その前後はすべて闇だ
ただ　どこからか
じっと私をみつめている目があった
いくつ寝て
いくつ起きて　いくつ言葉を数えたか
ある朝　めざめて
めざめのなかで世界は一転してまばゆく
木々のこずえが青空にすいこまれていた

ああ　すべての幼い魂を水平に連らねて
世界の果てまで飛んでゆくか
だが幼くしてボロボロのこころは外衣そのままに
おびただしく溶出するチョコレート色の価値に
とまどう父・母のそばで激しく泣きわめくほかは
ただ食えぬ物体を咀嚼することに専念

闇を商う　すばらしい男達
列車の窓から投げ出されたドンゴロスの内からの
木漏れ日状のものを
焼杭のサクにもたれて青黒い顔で見ていた

「秋が来るということは木の葉の色が変ることなの」
「そうよ　電線のうねりが冬のようにね」

母の痛みは　幼くしておびえるおれの痛み
夜は街中でフクロウのなき声を聞く
あれは黄泉の国から死者をまねく笛だと
青白くやせた母の青いかやの内での
ああそれは寒い夏のことか
耐えている母の生理のかまどの前で
うずくまる姿勢でいつまでも見ていた
水たまりに写る木タールの虹
変化する雨あがりの坂道で
木炭をたいて走るのだという
人がバスを同じ姿勢で押していた

それからはじまる復興期の物語
幼児は幼児らしく　少年は少年らしく
遊びまわる以外はただ食いものを
探すことに専念
おもえばこの時代がおれ達の神話だった

高く積めよメンコの山
方形の箱にビー玉の海　鳴らして
橋をこえて見知らぬ地に行け
ガードをくぐって西部を開拓する
おれは「アランラッド」だ
年少のものは年長者に従い
年長のものはよく年少者をかばい
時には略奪の「アパッチ」
青シャツ百姓は
たらふくくっているから　すごい力だ
つかまったらもう帰れない
トウモロコシ畑　赤毛をなびかせての帰路
「持てるだけ持っていけよ」とは　なんと残酷な
やさしさ

昭和二十五年六月　朝鮮動乱起る

幼児期の午後は永く切れ目なく少年の午後に続く
「小松崎茂」の「地球ＳＯＳ」
「砂漠の魔王」はだれの作品だったか
「少年王者」の「進吾」と「ザンバロ」は
どこへいった
「この鐘を打て」「三十八度線にも涙あり」
には　ほんとうに涙した
本がほしくておれたちは電線ドロボウ
忘れはしない！　子供は子供なりに他国の戦争で
小さな商売
ついでにコッペがアンパンに変った
他国での戦争は　もっとヤレ、ヤレとは
幼くして残酷な現実
それもきっと
親（の世代）がだらしないからだとは
今は言えない哀しさ

つかれてねむる
もうだれも追ってこない
おってこない
おってこない
おってこない

おって
こない

ほんとうに消えてしまったのか
おれたち（の世代）の言語を支えていた風景
これが　ほんとうのひかりなのか
この街にあふれる「物」のひかり

今年もまた空白を連らねたバスが
爆発する雲の下を行く

北海道編

めざめ
百四十八メートルの超高煙突から排出する
おびただしい煙を凝視する
この十年　渡り歩いた石油コンビナートに
またひとつ数を加えるのだ

北海道苫小牧市勇払原野大規模工業地帯予定地
日本であることの証明にどこもかしこも
うすよごれていけ！
だが　今朝は　虹がかかっている
このうえなく透明な朝だ
ものみな
すべて洗い流されたものだけが持つやさしさで

語りかけてくる海があり　空気があり　川がある
その奥に　背丈ほどの「ハンの木」の藪が続く
藪の中で人間の卵をみつける
これは野糞をたれている人の尻だ
尻をくすぐる　紫の花がある
今のうちに　よく見ておかなければならない
いずれ　地上から死に絶えていくであろう
あらゆる　かぼそい生命の類

人も同じことだ
同じ自然の系に生きている限り
例外であるはずがない
この地球　のがれることのできない
『限界因子』があるというのなら
その時が今日か　明日かの　ちがいだけだ
今日　一日　太陽が照り輝いてる　つかのまに
生命の洗濯をしておけ！

北海道の大地　明日は霧かもしれない
暖流の下には　寒流が伏っているのだ
沖　鳥がむれている
漁船がひしめいている

伏っているものが浮上する
時代の主流になりえなかったもののたましい
あるいは
時代におしつぶされていった数の生命の
いまだ白骨化しきれない部分から発せられる
ひめい
正史の裏で
やさしい者は常に敗者となってころがっていく

北海道の地図を開げる
アイヌの遺した地名に混って
和名の持つ　ひびきがある

「人坂」ひとさか
土を掘れば人骨が出るという峠の名だ
山に穴をあけ　汽車を通す
大戦中　強制労働をしいられた
中国人の捕虜の骨だという
そういう時代であった　と語ってくれる人もいた

入植者と裏でおいつめられていった
「アイヌ」の歴史がある
「白老」シラオイの火祭りを見た
炎を背にすれば　闇の最もふかいところで　うごめく影がある
早く立ち去らないと殺される！
気づいている者は
より以上に代償を支払わなければならない
神々の大地を神々がかけていく

この大地　ウエハース状に積み重なる血の約束が
異種の神々を住まわせる
森には森の霊が住んでいた
河面にモリをつきだして還ってくるものは
確実に鱒であった
そして　すべて自然の存在には霊が住み
神と信じられた
信じるに価いする大地であった
領域を犯された神々は
常に暴発の機会を待っているのだ
否！　人の心がだ

だが確実に破壊されていく自然があり
大なり小なり人すべてが加担者で
ヒステリックに叫ぶ私（達）があり
常に沈黙するだけの私（達）がある

太陽が高くなった
風がわずかにでてきた
巨大なショベルが土を掘る
人がむらがりコンクリートを流しこみ基礎を作る
クレーンが鉄骨を空に伸ばしていく
（私の仕事はそれらの過程にあって、図示された通りの位置、高さを定める。もっぱら測量をする一人である。）
その限りにおいて　晴れた日の戸外での仕事は
この世のわずらわしさを忘れることができる

それはそれでよいと思った
いつでも日常にわずかな喜びを覚えながら
私（達）は
破滅への方向をたどらされているのだろうか
この背反する関係を
どこかで切らなければならない
なら私に今　なにができる
大阪のスモッグ空に帰って
恋人を妻と書きあらためることか
それさえも忘れさせてくれる
秋の　陽ざしが　ある

私は黙っている

淋しい朝だ
黙って　電車を乗り継ぐ
受けついだものは受けついだ形でわたす

結実に見る季節の始まり
結果とは
常に他の多くの可能性の抹殺なのだ
季節には

季節の樹下で果実の夢をむさぼれというのか
得たものの価値はそれなりに判る
だから　よけい　私は飢を憶える
妻は　飢の記憶など　ないという
だから
ささいなことで妻をなぐりたくなる

行きずりの人であれ
問うてみるがよい
この季節の紅い花の咲く　紅い記憶の有無を
この季節の果てにあるものの価値を

ターミナルの朝
肩の妙に丸い人のあることを
私は　黙っている

もう一つの八月十五日

一九七四年八月十五日

事の是非を沈黙でしか語れないニュースが流れ
妻と私は　その夜おそくまで語りあった。

ぼくたちが事の是非について語れない訳を。
「朴」をたおせなかった最初の一発の不幸と
何発目かの「朴夫人」の不幸と
「文」を制するはずの銃弾がそれて
たぶん　われらの神社における「巫女」とそっく
りな「チョゴリ」を着ていたであろう
少女の胸部を貫通した不幸を。
妻と私　沈黙は多弁の形をとり
共通の友人のHやSのことを想うのだ。

在日朝鮮人と書くべきか
在日韓国人と書くべきか尋ねたこともないが
Sの書いた「春」という詩には
はやく消さないとほんとうの冬が来ます。
とある。
むろん三十八度線のことだ。

妻は朝鮮に関したニュースに接すると
全身で　どもってしまう。
むかし妻はタイプを打っていた。
　たまたま学校で使用する出席簿の作業で同一人
が二つの名前を持っていたという。妻はわけも
　わからぬいらだちと嘔吐感に早引をしたという。
その夜も同じように語りあった。

妻と私
在日朝鮮人を
いまだに外国人と認識しきれない部分があり
そう規定しなければならないと知りながら
そうきめつけられないことの実際を
いつも、それは、たぶん、
意識したものだけがせまられる「踏絵」だ。

だが　米をとぎ
児のおむつをとりかえる妻の日常や
職場での私の労働と
なんのかかわりもないまま
「踏絵」はふみえのまま
「　」の内にかくされてしまう。

だが妻と私
詩人にかえることのできる
限られた時間の内に出あった人たちの間でなら
　もし　私たちが吉井夫妻で

そしてHやSが「文」であるのなら
ぼくたちはたわいもなく吉井夫妻であったろうし
その結果について
あわてたり
泣きわめいたり
だまされたとか
そう信じるほかはない　だとか
と　いうことくらいは言えたかもしれない。

仮定の問題について
仮定でしか答えられないが　たぶん
隣家でおこった事件のように
かもしれないテロリストやその共犯でありえた
という
ぼくたちの心の微妙な傾斜を
ぼくたちの歴史は
沈黙の部分をさけてやたら多弁にする。

そしてそれはたぶん　公式的にはこうだ。

ぼくたちの祖父母や父母の世代が
朝鮮においてやったこと
その反省の欠如したままの上にぼくたちの存在が
あるということ
それはぬぐいがたい負い目だ。と、
まだある。
ぼくたちの民主主義が
いまだ途上にあるということ、
教えるなどという態度の驕慢さを恥じるのは
ぼくたちの風土的倫理だ。と、
あるいは
ぼくたちの「原罪」と
今日の問題は切り離すべきだろう。とか、
それは、いつも、
たぶん、という形で正しい。

そしていつも　ぼくたちのとまどいは
結果として権力者の擁護でしかない。

そう処理することの正しさを認めながら
なお　わりきれなかったという
妻の「台湾」への気持とか
韓国批判のみ夢中な進歩的な人たちの考えとか
ただ癒着するだけの保守層の立場とか
正しい答えはいつも判っておるのだ
だが　妻と私
ただ　わりきれない想いのままに
事実と　それぞれの人の立場を述べあい
認めながら　否定をくりかえし
ただ
ぼくたちのなかでこの解決がつかない間は
ぼくたちを含めた全体にとって
何んの解決もありえないということの
重さをかけて
ぼくたちは　この秋にむけて語りはじめる。

詩集『**近代の意味**』（一九八一年）抄

大文字

やつぎばやに星を殺して
四劫の後
きっとあえますわ

かざす手の血のしたたる対岸
ほら
あんなにまで私が
みだらに燃えている

「続」山電姫路駅裏通り

書かなければならない動機があって
他者をねじふせても読ませねばすまない
義務感にも似た苛立ちの先行があって
それは　私個人の体験を越えてさらに
歴史そのものであったり。

否、それは多分ささいな　とるにたらない
個人的な　うらみ　つらみ　にすぎないにせよ。

それを私たちは「赤い花」の記憶という。
線路沿いの焼杭にもたれて見た
真赤なカンナであったり
飲んだ水の冷たさだけが

胃袋の存在の証明であった夏と
それから始まる幼児期と続く少年期の物語。

ひと一倍悧発であると自負していた私がいて、
それが唯一の自慢であった父母と兄姉がいて、
家族の期待と愛情を一身に受けて
私は少年期を過ごした。
貧しさがとりえの家にあって
悧発に産まれることの苦痛を
あなたよ　知っているか。
それ以後のことについてはもう語るまい、
ほんとうはまだ記すべき事がたくさんあるのだが
それに触れることは自身をみじめにするだけだ。

そして私はまためぐってきた桜の季節を
姫路のまちでむかえる。
同じ桜木の下で昨年のくれ妻は言った。

「新しい芽の支度をしてから木は葉を散らすのね。」
私たちは自然の　したたかさ　におどろきながら
私たちの生活をふりかえる。

かつてアジア的貧困からの離陸の過程で
見せつけられたもの
それは家族の一人一人が独立とは名ばかりの口べ
らしの意味のそれであったり
あるいは、病いや老いで死んでいくことによって
一人当りの取り分と
タタミの面積が増えるということであった。
それは高度成長の時代の果ての今も変りないのだ。

農村の崩壊とそれ以前からの私たちの存在、
都市生活者。
まして核家族とよばれる我ら根無し草よ。
ほんとうの鳥は強い翼を持ち

決して失速することはない。
だが私たちの『鳥』はついばみの実を求めて常に
地をはうようにして飛ぶ。

桜の季節に　あだ　をなして
困難な時代の幕開けについて
決して酔うことはない酒（議論）をくみながら
妻と私は
この季節の果てにあるはずの美酒に酔う。
決して「死後の花見」とはいわせない、
子の世代のまた未来にあるかもしれない
夢の話ではない、
今の今、離陸した　あかしのなにかが欲しいのだ。
だが私たちはこの季節に高邁な精神論は説かない。
困難な時代のそれは　いやみ　にすぎないし
かつて　私たちが脱出をこころみ

そしてほぼ達成しえた
現在の　全否定だからだ。
今さら　どこに帰れるというのだ！

「あなたのいるところが私の家です。」と妻はいい
私は私を雇傭している企業の辞令一枚で
猫の目のようにとばされる。

それは公害をまきちらす企業の
工場増設の工事であったり、
そのまた防止する付帯設備工事であったり、
私たちの仕事はそのつど合目的にのみ存在する。
だから私たちは「目的」が個人の感情とか社会的
責任とかにそぐわない場合
答える　すべ　を知らない。

ほんとうの離陸とは　その答を一人一人が

用意しうること、
自身の感情とか責任で発言しうる機会と
それが個人の不利につながらない
社会的構造であること。

……………

私たちは人の世の彼岸にあるべきはずの記憶を
だいたんに　たどりながら
ひじょうに　すなおな気持で語りあった。
いつか　満開の桜の木の下で
抱きあったまま寝てしまう。

散る花のむせかえるような白い闇をぬけて
季節はいつか夏にむかっていた。
その夏は冷たく人は飢え　私たちはまた
「赤い花」についての記憶の創造を迫られていた。

帰郷

ぐみの種をはきだすと砂丘だった。
砂丘の果てるところ河口があった。
その日、海は、にごっていた。
海のにごりは日常であったかもしれないが、
私は記憶のなかの怒っている海を見ている。
母の背にくくられ　たしかに見たであろう海を
今　私は見ている。

〈塩を求めて、こんなところまで来たのですね。〉

海の怒っていることのせつなさがみつけた
コンクリートの巨塊。
かつて、敵機の位置を示す基点の一つであったという「御前崎」に近いこの地。
砲座の残骸か、ただの沈床のブロックか。
風化のなかで原形を保とうとするものの意志。
波形のなか。
やがて満ちてくる潮に消されていく。

ふりかえれば砂丘。
もどれば松林。
とぎれたあたり「やぶかんぞう」が咲く。
そうだ、季節はたしか夏だった。
ぐみの実を反射的にほおばったのはその証明だ。
それからたどるはずの水の村の話は後述する。

とうとつに私は
焼杭のサクにもたれ汽車を見ている。
汽車の姿はさだかでないが、
道床をおおうように真紅のカンナが咲いている。

たしかに見たような気もするのだ。
妙に年よりじみた数十人の男たちが
モッコをかついでいる光景を。
道床バラスの伸びていく先に
黒い工場のあったこと。
〈あなたの夫（私の父）も、この内の一人であったかもしれないのですね。〉

帰路はバス。
もうけっして
貧しいとはいえない家なみの内を過ぎながら、
なつかしさのなかで　とうとつに発熱するアジア。

汗夢。
水の村で、母は蛇を割く。
鬼火のただよう藪のかげで墓をくつがえすように
背をまるめる母。

そんなにひもじいのなら、
今の私を食べて、と仏説のように、
火の内に身を投げたい、ゆうわくにかられながら、
私は窓の外を見る。
みるともなく見る風景のなかで老いていく母。

母よ、あなたの死んだぶんだけ一人あたりのとりぶんが増えたのです。
父よ、あなたが死んだそのぶんだけ一人あたりのとりぶんが増えたのです。
産業的高度成長の過程で
老いていくものはえんりょなくすてられ、
すてきれなかったものは昭和五十年代の今も
戦後をひきずっていく。
〈結果的に、仏説のように子の食に供せられた父・母。〉

単独講和とか、
六〇年安保とか、
一九七〇年とか、
もう、みんな、忘れた。
歴史のなかで、歴史にとりのこされながら、
裏面だけは強要されたという赤い花の記憶。
もうけっしていかなる政治的情況にも心よせない。
円環の図式をえがきながら隣人と同じように、
街にあって村を生きるのだ。
目をとじれば藁のぬくみが待っている。

と言いながら、なお、
母よ、
こんな　つぶやきにおわるのなら、
なぜ、あの時、仏説のように、
今の私を、
あなたの食に供しえなかったのだろうか。

水村

一九七六年　八月十五日
近鉄吉野駅外構で見た『高札』のことを、
妻よ、その夜　君に話しただろうか。

多分、話しはしなかった。
ほんとうは軽い興奮で夜をねむれず、
ふたたび引きかえしてカメラに収めてと、いきりたつ。
と言いたいが、それもちがう。
そう言えば一年を過ぎた今まで
君に話してもみなかった。

「門付・遊芸人・伝染病の罹者の入るを禁ず」
その時は　あっけらかんに示された文字の意味を解せず、
風景の前を過ぎる観光客の一人だった。
皮肉に、その意味に気づいた
一九七七年五月三日
でかけてみれば高札はなく、
がゆえに、ふしぎな安心につらぬかれた。

想えば　はるかなアジア。
母の背にくくられて見る鎌の月。
グラマンにおわれてふせる叢。水村の蛇にかかわる伝説。
それは、たかだか二、三十年ばかり前のことではなかったか。
村から棄てられた日、
私たちと共に高札は持ち去られ、
村は隠微な『　』をはずされ、

ひそやかに、かつ、どよめいていた。祭日。
はるかな、私の『村』よ。
唯一、重農主義国家の規範のような夢でみた
「村」の風景。
ほんとうは、「村」にも『村』にも
住んだことはない。
急行のすべてに無視されるほどには小さくない
東海道沿線の小都市。
カンナのみごとなモダンな駅舎から
子供の足で七分、の街中で私は生まれた。
そのまま、五分も歩けば田園風景にぶつかる。
そこでは多分、
私を含めた、ほとんどすべての者にとって、
高札もその対象もない、充分に開明的ですらある
生活がいとなまれている約束であった。
そんな街でも電線のうねる冬は淋しい。

夏はカヤの内でフクロウの哭声を聞く。
おそろしくすみきった空におびえ、
抒情でありえたはずの町中でたった一本の
T・Kパルプ工場の巨大煙突の煙は記憶にない。
その煙突のてっぺんに
アカハタを立てたとかいう、
まちで　たった一人の（共産）主義者のAとか、
それはまだ、男たちが充分に復員していなかった
ほんの一時期、
女と子供の口にのぼった話だ。

すばらしい男たちは強く、
すばらしい女たちは美しい。
総じて金まわりがよければヤミヤ、
化粧がこければパンパンであると。
やっかみ半分の大人の口まねをして。
私たちは　天性の差別者としてふるまった。

足をひきずり　手がこきざみにふるえる
シジミヤのM、の自転車をかくし、
その探しまわるさまをはやしたて、
アサリーシンジマエー。

知恵おくれのK、そのよだれのたれるさまをみて、
Kの店頭の駄菓子は　つなぎによだれを使用している、
などと口さがなく言いふらす。
幼くしてそのKの父母弟妹を
阿修羅の悲にたたきおとす。

まだある。
季節の始め、誤りのない自然の暦のように、
赤い着物を好む狂った女乞食の訪れに、
石を投げ棒でつついて街を追う。

もとい、
たとえそれが　幼い私が、でないにしても、
子供は子供であるという理由で充分に獣だ。
他者のいたみを自分のいたみと知るまで、
その獣性を矯め、その無明を知恵でうめる。
それを教育といい、
はじめて子供は人にむかって離陸する。

だが、
『村』では大人が獣だ。
永遠の獣性が『村』を形成し辻に高札を立てる。
それは、
自らが差別者であるという奇矯な誇りにみち、
いつか女たちが右ナナメ四十五度　正確にふった、
日の丸の小旗のように、
自らを卑しめる倒錯の美にあふれていた。

そう言えば、あの高札をみた時の
奇妙な興奮はなんであったか。
自身が絶対者であると、
あるいは、
絶対に帰属する、そのまた相伴であり、縁につな
がる、しがない、がゆえに、
尊大さが絶対の生きがいである民草。
そのはるかなるヒエラルキーのすそ野のしかるべ
き位置にあって、
我より上に連なり、我より下を見出す。
我らの風土の解釈。
その証明をみつけたがゆえにか。
それもちがう、
人がこれほど醜いものになれるのか、という戦慄
であったのか、
語ればつい昨日のアジア。

妻よ、
私のいう人の獣性について、
きみが私に輪をかけて主張する訳はたずねまい、
それぞれが、それぞれのアジアを内にかかえ、
遠い未来にあるかも知れない　人の彼岸にむけて、
まさしく、今、離陸の証明のために消えていった、
一本の高札。
を、
忘れないという形で、
まだ残る、内なる高札を、
とりわけ、海峡によこたわる暗い記憶の霧散のた
　めに、
一九七七年　大阪の暑い夏を、
冷夏だという東京に、とどけよう。

一九七七年八月十五日

荒川入水事件考

母を棄てる計画を立てた。
主犯は息子の自分で共犯は妻だった。
母は中気で寝込んでいたが、もう死にたいと
かってに死装束をまとい、私たちに迫った。
というより、私たちの心中の計画から一人、
とり残される不安のため
自分から買って出たものだった。
私たちは毎晩のように無理心中の話をした。
母にわざと聞えるように
すこしだけ声を小さくした。
もっとも細工のしようのない障子一枚が
隔てだった。
そうして私たちは、
母が死を急ぐように追いこんだ。

ここからは無言だった。
背負って来た母を水辺に降ろした。
母は手鏡をとりだし髪をなおした。
白い旅装束のえりを正した。
それから母は　一度だけ、私たちをふりかえる。
萎えた足のかわりに腕で石の上を這った。
水をわけいった。
匍匐の姿勢で腕の長さがたりなくなったころ
水に浮かんだ。
前にすすもうと腕と足をばたつかせた。
身体がみずからの動きをやめたころ
物となって流れに乗った。
流れのなかで、浮きつ沈みつ二度三度、横転した。
それがまだ生きている証明であったか、
単に流れの急を示すものだったかは、

まともに確認はしえなかった。
夢か！
夢でよかった、と敬老の国のこんな夢。
三面記事を横目でひろいながら、
ほんとうは親など大切にした時代は
一度だってありはしなかった、
私たちの国の不名誉な姥捨ての歴史。
だれもかれもが参加した近々のゲーム。
父や母の占めていた畳の分だけ
もうしわけなさそうに手足を伸ばしている。

一九七七年十一月

憑依のころ

この広場も手遅れだった
有刺鉄線に添わせて植えた一株の
子の名前のある春よりも速く
私たちがいたらなかったばかりに
共に生き得なかった人の
共に生きたかったこの世でのおもいが澱となって
茎をのばし茎をふとらせ　夏を過ぎれば　秋
広場を被い尽くすのである

これは　父
これは　母
祖母や祖父や姉や兄よ
知る限り
私たち　と呼び得た人の鬼のすすり哭く
ひきかえせない近代の入口で
毎年のように送った火葬場の
かまの火のたぎりにも似ていたように思う
続く私たちの淋しい自立

他のなんの目的でもない
無心に咲くであろう蔓花に
子の名前を冠し子の健やかな成長を願うあたりま
えの親として植えた一株を
私たちは　転居にあたって
いったんは掘り起こし
おもい直して　また雪に埋めた
〈おまえたちの知らぬ、おまえたちの祖父母の世
代の理解の埒外にあった近代の意味。
それゆえに不条理そのものでもあった
近代の性質を見てしまった者の憎悪と
隣りあわせですむがよい。
さあ、おまえたちの無垢な心にして
はじめて対峙しうるのだ。
ゆえに留まれ、子の名前のある一株の春よ……。〉
この二十年余り、結局のところ何だったたか
今は四劫にわたって
その意味だけをおい求めてきたような気もする
知る限りの空地を一時染めあげていた
濃黄の花にも似て
有刺鉄線に添わせて植えた子の名前のある
一株の春を
ついぞ見ることもなく転居し転居を重ねた
憑依の私たち

私たちは　そうして
近代の門をくぐった　と思った

半夏生

ぬけるように青い空の下
草原に散乱する白骨。

この骨の主たちが生きて肉をつけていたのは
前の雨期が最後だったのだろうか。

そういえば
クーラーのよく効いた銀行のロビーでみる
毎日グラフのグラビア写真からたちのぼるのは
古都のつややかな婦人の髪のかおりにも似た
インクのそればかりで
ポル・ポト（政権）の暗い情熱から発せられてい
たであろう腐肉の臭いなど
丈の短い稲科の青草に化してしまったかのようだ。

ぼくらの日常は　戦場からあまりにも遠く
何んとも理解しがたいできごとのようであるが
そうとは決して断言しがたいぼくの暗がりで
「人千人殺してんや」と師にせまられてためらう
「唯円」を一瞥し
「ハイ」と答えて
武器を手にするぼくのねらう的は
確実に
千人の固有名詞をとらえている訳ではないが
なぜか　ぼくの白日夢は皆殺し。
殺意は常に　君が支持してやまない党と
その党派による人々、あるいは支持者
それも、私の親しい友人にむけられていた。

友よ
夢でなく　ほんとうに
ぼくはいつか
君を殺す側に立っているかも知れない。
それは　ぼくが右に転ぶのでもなく
極左につき進むのでもない。
今、ぼくに判っているのは
ぼくらの歴史の暗がりで

君の党派を根絶したいと真に願ってしまう一瞬が
そう遠くない未来に（あの暗い中世の地下水脈を
たどって、近世・近代の洞道へ、時にサイフォン
のように圧力を帯びて）
顕在してしまうような気がしてならない。

そして、ぼくが殺される側でなく、殺す側に
たぶん、立ってしまうであろうこと
その理由が、ぼく（等）の不義というより
君の党派の決定的なまでもの不都合
不勉強のせいであると……。

そう言えば　このグラビア写真の
乾期に突入しつつあるらしい草原のどこにも動く
ものの影はなく
ぼくの身体は
ザクロを食む秋、をおもわせる冷気の内に在った。

わずかばかりの預金を引き出せば
外は日本の雨期のつかのまの青空。
友よ、今、ぼくの言ったことは
とりあえず忘れてくれてよい
だが、記憶のどこかに　とどめておくと
役に立つことがあるかも知れない。

汗が体中の穴から噴出した
生煮えの臓腑をくつがえした街。
大阪。半夏生。

一九七九年七月

幻の魚

（一）

初老の男とその娘であろうか、二人は橋の袂のアスファルト舗装の
窪にできた水溜りを覗き込むべくしゃがみこんでいた。

水溜りは谷川の淀のように底しれぬほど深かった。

男はコウモリ傘を所持していた。

男の顔には疲労の度がうかがえたが厳正さを崩してはいなかった。

娘は、いかにも田舎から出てまもないといった野暮ったさが全身にあふれていたし、男と同じように疲れた顔をしていた。

娘は二十歳前後で、短大生でもあろうか、あずき色のツーピースを着用していた。

男は水溜りに魚の影をみた。

コウモリ傘の先を水溜りにつきさした。

水溜りは消えた。

そして娘も消えた。

男はその時
風のなかに燃える魚の影を見たように思った。


男は橋を渡ったのである。

橋を渡ると道は大きく右に曲がり堤に沿って続く。

だが、男は道を行かなかった。

男は知っていた。

自身の空白の地図の上に記された小径が、橋からまっすぐに山に登り、またむこう（南面）の斜面に続いていることを。

男はふと、幼児のころ、どうしてもくぐれなかっ

た駅のはずれにあるガード（彼の囲りの大人はそれをマンボウと言っていた）をくぐった最初の日のことを想った。

実際のところ、タブーであるか否かを問題にしないほど、かなり大きくなってから、なんの感慨もなくそのマンボウをくぐったのであった。が、男にとって、今、その小径を行く事は、なんのこだわりもなかった。

頭髪は前の方から後退し、後の方から白いものが増していた。

男は、この小径を行けば笹ユリの一種で淡いピンクのそれが見られることを一つの楽しみとしていた。

〈おかしい　完全な空白の地図でない。〉

まもなく視界がひらけることなく分水嶺を越え、南側の斜面の谷川に沿った小径をくだっていた。

谷川の水は豊かだった。

ほどなく、流れの内に岩がすべり台の形状をなす地点があって、子供らの格好な遊び場となっていた。

陽焼けした子供らの肌は男にまぶしかった。

唐突に男は、娘にもなりきれぬかすかな胸のふくらみの少女に、激しい欲情を覚えた。

が、それは抑えた。

頭の中では
道をくだりながら、「おかしい」と自問していた。

この地図の上では倫理は問われないはずである。

引き返して、林の内に少女をつれこみ犯しても、それは罪に、いや罰にはならない。と
だが、
男は引き返せなかった。

鬱勃とした欲情をかかえたまま、いつか
田園のひろがる里にまで降りてしまっていた。

川は山中の豊かさを失い、
幅は狭まり水量は目にみえて減っていた。
ついにところどころ水溜りを残し、
干あがった泥の帯となっていた。
男は見たのである。
燃えて、風のなかをとんでいってしまった
幻の魚の影を。
それは水溜りを越えてさらに大きく、
かすかに揺らいでいた。
男は服を脱ぐのも忘れ水溜りにとびこんだ。
水溜りは急速に干上がっていく。
男の見た魚の影は干涸びて死んだ甲冑魚。
男は次の水溜りにとびこむ。
またしても水は干上がり、
得た魚は、干涸びて死んだ奇怪な古代魚。
男はもう、やっきとなって
次々に水溜りにとびこむ。
逃げ水のように
水溜りは乾き魚は干物になっていく。

だが男の執念は
何度目かの挑戦の後やっと得ることができた。
それはあと数時間の日射しで
地割れが生じてしまうであろう泥の内で、
かすかに息づいている生命。
まったく新しいタイプの魚、シーラカンス。
もう一歩で肺魚になるという進化の過程の魚。
が、生存の適否をかけた正念場であった。

（二）

拝啓、夏らしい日もなく一足とびに秋になってしまいました。貴兄はいかがお過ごしですか。私は仙台に来て体調もすぐれず、大分まいっています。が、大阪に在った時よりは、仕事に打ち込んでいます。貴兄は、私の職業を〝因果な商売〟と言っていましたが、私は苦しいなりに、それを逆手にとって生きようとしています。

建設業、それも建築でなく土木部門はとても間口が広く、仕事そのものは非常におもしろく、奥深いものがあります。難点は貴兄の言われる通り、生産の現場が固定したものでなく、畢竟、転勤が多くなるということにつきます。

仕事に身を入れているせいもあって、作品はものにしておりません。ただ、このごろ想うことがたった一点に集約されてまいりました。それは現在、最大のテーマである日本の近代の意味と、どこかでつながってまいります。

一つは、この近代化の過程が無辜の民（ほんとうに罪がなかったか疑問ですが）にとっていかなる意味を持ったかという点です。

話は飛躍しますが、そこから終局的に得た結論は、「個の内面の自由」という問題です。全体主義政権下であろうが、官僚化した共産主義政権下であろうが、あるいは、今、我々の得ている真綿で首を締められているような一見自由な日本的風土下であろうが、最低限、保ち得る自由としての内面の自由をもって個の証明としようと思うのです。何よりも〝自己を常に問うもの〟としてありつづけようと思います。

ただ、前記の夢の話を一読してくだされば判ると思いますが、私の考えの先にあるものは日本人としては、かなり特殊なものであると思うのです。職業上、いやおうなしに地域コミュニティと分断された生き方をしてまいりました。それは大なり小なり、大会社に勤務するサラリーマンなら共通した問題です。しかも、私は、企業内にあっても、企業をコミニュティとして受けとることを拒否してまいりました。それは、反企業のうねりが大きかった一九七〇年代後半より、ずっと前、入社以来の一貫した態度でした。

ただ、私の態度の基礎をなす理念は、私の産まれ育った家庭のぬくみを母体としていないがために、私の肉体と精神の奥深いところは常に、それを裏切ろうとしています。私の半ば精神症的な高血圧症も神経性胃炎も多分、私の理念と行動に、プロテストしている結果でしょう。しかしそれは同時に私が虚無に陥ることを防止しています。

不幸な幼児期を過ごした子供は長じて不幸な家庭を再生産する確率が高いといいます。その意味では、私の育った家庭は、貧しくはあったけれど、充分にぬくみのあるそれでした。現に私にとって、子供を育てることはなんの気負いもない作業です。伝えられたものを伝えられた形で渡せばそれでよいのです。

私は、自分の孤独を深めてはいますが、人は信じるに値いするものだという、幼児体験を覆すには至っていません。私の内面の大部分が日本人として、特殊化の方向をたどろうとも、そしてその結果、どんなに孤独を深めようとも、私の〝人〟への愛は、信仰に近いものになりつつあります。その意味で私が築こうとする精神もまた、日本の風土の絶対的制約下にあります。

前記の夢として書いた話の内、最後のシーラカンスのくだりは、ほんとうは、夢としては一度も見ていません。ただ、この数年、想いつづけてきたことの帰結として、私は、このくだりをつけ加えました。

多分、シーラカンスは、肺魚としては不充分で、しかも、それまでの魚よりは、水中生活そのものにも、多少不自由だと思うのです。新しい環境には多少適応したかもしれないが、もとの環境にも不適応の面を持つ、そんな魚だと思います。私の生き方もまた、そのような方向をめざしています。すこし言葉を換えれば、あらゆる環境にマルチタイプだけれど、それらの環境にすこしずつ不適応の面を持つ、ということです。

私は今ある環境に完全に適応することを拒否します。そういう方向に特殊化することが、私、否、都市生活者の普遍的な運命だと信じます。

なにか、それてしまったという後悔もあるけれど、肉体や精神の深いところは常に、私の理念を裏切ろうとするけれど、多分、私は今までそうしてきたように、これからもそうあろうと努力すると思います。ただこの淋しい決意を他者に読まれることを前提に書いても、どれだけの人に判ってもらえるかと思えばより孤独を深めます。

これがまた、私の、貴兄の詩集「都市」にかかわる現在の読後感でもあります。

そして、さらにつけ加えるのなら、私は、想うこと、そして、想ったり、自己を問う者としての基礎知識以外のなにものをも所有することを最低限度にとどめようと思います。特に、物を所有することによって得られる生活の自由より、確実に逃げ出せる自由を常に確保しておこうと思うのです。魔女狩りがあれば、多分狩り出される事を覚悟しなければならないからです。もちろん、ささいな事で排斥の対象とならぬよう、最低限度のものは、所有しない訳にはいかないでしょうが。

否！　私はむしろ積極的な異端者でありたい。

私はただ、私でありたいだけなのだ。

（一九八〇年十月十日　I・Y氏へ）

（四）

私は私の見た夢に疑問を持つ。そして時に見果てぬ夢にさえ疑問を持つ。

夢の中では橋を渡ると道が大きく右に曲がっており、老いた私は、その道を行かず、正面の山腹の小径を歩んだのであったが、ほんとうは、もっと右よりに、堤から川原に降る方向に小径が続いていたのではなかったのか。私のシーラカンスは、その川原に点在する水溜りで生存の適否をかけていたのではなかったのか。

私の知る限りの大部分の左翼的人士の、人士とよぶにはあまりにもの品性の下劣さ、その知識は、何十年か昔学んだものの受け売りにすぎず、そこに自己の新しい発見、いや解釈すら加えられず、自己を知的エリートとして、尊大にも、自己の存在理由そのものである労働者階級を〝大衆〟と規定してはばからず、そのおごりに気付かず、そして、自らが規定した〝大衆〟によって痛烈なシッペ返しを受けている。この皮肉な運命に、まったく気付かない、ガサツな神経によって、かろうじて命脈を保っている。それが一九七〇年代後半、そして現在の全左翼がおかれた実体なのだ。

なにより、その個々の行動のパターンは純粋日本人そのもので、かつて学んだはずの普遍的学問と完全に平行線をたどっている。本音と建前の乖離はいちじるしく、多分に本音のまま行動してはばからない。

その限りにおいて、彼等は、私の見た夢の中では橋を渡って大きく右に曲がった道を行く、多数派そのものであった。

事にあたって、彼等は魔女狩りにあったりはしない。彼らには守らなければならない絶対的な精神の自由などもとより存在していないのだから。

私は想う。

彼等の名誉のために、異端者としての光栄ある地位に彼等をしてひきもどらせてやりたいと思う。そのために私は、私が狩り出される前に、私は魔女狩りを好む圧倒的な多数派に一時身をあずけてもよいとさえ思う。

私は彼等の規定する〝大衆〟そのものでしかない。だが、私は、とぼしい時間との戦いの内で、私が読んだ本の厚さの計と、この人の世の行く末について想い続けた思惟の長さと、ことに全左翼の運命について、想いつづけた、その想いの丈の深さにおいて、私は、彼等を裁きの地獄におとしめたいと思う。

ことに党派による知識人分子よ、この広大な宇宙にあって、己れの知識を唯一の武器として戦う者として、絶対的な自信が有ると言い切れるか。その潤沢な時間を、どれほど、武器の手いれのために割いたか。

まず手初めに、あなたがたが大衆と規定した、私たちの問いに愚直に返答できる素直さとそれをささえる柔軟な精神を受肉化せよ。

それでも、かつて教室で学んだ事があるという最低限度の証明でしかないことを知れ！

あの選挙のたびに辻という辻で配られる自らのビラの内容の下劣さを前にして、あるいは、党派の無誤謬神話の打破に内的な動機でもって行動する権利を常に留保せよ。

それが教室で学んだ者の、学び得なかった者への最低の義務、最低の礼儀なのだ。

（五）

男は山手線田端駅構内のはずれにある陸橋のたもとに立って、ある党派の機関紙らしいものを配っていた。時おりおびただしい蒸気をふきあげ汽車が過ぎた。そのたび男はむせていた。男の頭髪には白いものがかすかに混じっていた。

そのころから日本は、本格的な高度経済成長期に突入していた。

男は大阪環状線玉造駅前で、ある党の機関紙の日曜版を売っていた。

男の髪は朝のひかりに美しく銀色にかがやいていた。

私にはなぜか、その美しく老いた男が十九年前、十八歳の少年が人生の門出に、ほんの数週間の東京でのくらしのなかでなにげなしに目撃した男と同一人物であるように思えた。

そう思うと、想いは確信となり、地涌の仏のような老人に、奇妙なほどの敬愛の念を憶えた。

私はその機関紙を求めはしなかったけれど、非常に素直な気持で空を見ることができた。

私と妻と、二人の子供は、その日、私の新しい赴任地へ行くべき仕度の仕上げとして、諸々の事情で詩をすてた一人の婦人にいとまを告げるべく玉造駅に降りたのであった。

が、それはやはり同じ理由でよしにした。

この春は桜が遅く、私達のおもむく仙台にむかって、桜前線はまだゆっくりと北上しつつあるらしかった。

私と、婦人の共通の想いは、〝赤い花〟で重なっていた。

道床バラスの端に咲く真紅のカンナを記憶の出発
とする私にとって婦人が少女のころ住んでいたと
いう、今は廃屋に咲いているであろう炎のような
同じ花を
なんの異和感もなく想像することができた。
私たちにとって、日本の高度成長期への突入は、
やっと近代への門でしかなかったことを、
ことにその婦人のその後の軌跡は紅く物語る。
変わったもの、変わらなかったもの、
もろもろの想いをこめて。
「私たちの乗る列車は、きっと桜前線を通りこし
てしまうよね。」
その人と会えば、きっとそんな話でしめくくって、
あとは黙り、
旧陸軍墓地と公園の満開の桜の下をくぐりぬけ、
あの地の塩のような老人が立つ駅まで、
妻と子と私は送ってもらえたかもしれない。

夢——四話

（一）

少年は水のぬくみの内に在った。
ほの暗い橋の下で言葉を必要としない親しい仲間
たちとこれから泳ぎ下ろうとする川のゆくえに微
塵の不安もなかった。
仲間は何人いたか、五、六人以上、十人以内は名
前と顔を確認しえたが、端の方にいくにしたがい、
名と顔が一致しなくなりついには、橋のむこうか
らくる逆光のなかに輪郭を残すのみとなった。
その名前のない顔や、顔のない名前の内には、た
しかに少女のそれも何人かあった。暗さにまぎれ
て、はっきりと性を意識して触れたかすかな胸の

ぬくみ、が、水のなかで混じりあいながら、ある熱いものが体をつきぬけていくことを遠くから見ている別の自分があることを少年は知っていた。泳ぎくだらねばならぬことをなぜか全員、知っていたが、それがなんの理由にもとづくもので、なんの目的を持っているかについてはだれもしらなかった。

ただ、出発が、ほの暗い橋の下でおこなわれ川幅がすこしずつひろがるにつれて、水量がすこしずつまし、岸の堤が遠く思えるようになるにしたがい、少年は、たしかに自覚していた。

一つ、水がつめたくなってきていること、

一つ、水が流れを速めていること、

そして、みわたしても、だれも知っている人のいないことであった。

（二）

頭上の鉄橋を汽車が過ぎた。それを千年の昔に聞いたような錯覚にとらわれながら、私は、流れを下っていた。おそろしく澄んだおびただしい水量のなかで、いつ溺れるかもしれないという、かすかな不安をかかえながら、橋脚の端の渦をやりすごした。

私は、対岸に渡る必要があった。いや、しいて渡る必要はなかった。ただ、そうすることが、自分にとって、選択であることを知っていた。

私は、はじめて水からあがった。それは産まれてはじめてのことであった。

沓脱ぎの石のうしろは私が今あがってきた水辺であり、石のうえで私は水を拭った。

縁にあがり、見知ぬ人に導かれながら、私は広間に出た。

「よう来た。今日は、河井君の歓迎会でもある。さあ、遅れて来た罰だ。しきたり通り飲め。」酒をついでくれたのがだれか、中央にいて顔がない男のB氏だったか、いや、T氏だったかも知れない。初対面のI氏の少しだけどもる無骨な手だったかも知れない。

私は、まわりを見渡した。その後十余年をかけて出会うはずの同人たち、まばゆいばかりの先輩同人たち、が一堂に会していた
さらに、まるい白抜きの額があって、そのいくつかには、東京のN・M氏やN・K氏が在った。名前だけがあって、顔の判らぬ額もあった。その一つは黒田三郎氏の写真だったと、たしか思う。

私は、そこでたしかに自分の自画像が描けたと思った。

（三）

私は河州で甲羅干しをしていた。まったく同じ年齢の、仲間うちであった。同じ短い髪と、同じ肌のかがやきを持っていた年齢であった。「さあ、もうひと泳ぎしよう！」だれが声かけるともなく私たちは水に入った。適度の水温があった。適度の流れの速さがあった。仲間うちには、水着の美しい女たちもいたが、私は〝なぜ〟について考えていた。大陸でおこなわれている人間についての実験について、
あれは魂の問題でもあるのかということについて考えていた。
そういう形で、水に流されていた。
（私は二十歳を過ぎたばかりの青年と認識されていた。）

同じように流されながら、この奇妙なほど、一体感の得られぬ、水という魂の媒体について考えていた。

ふたたび河下の砂州にあがった。

夏の終りの風が砂をまきあげ、胸にいたかった。

私は再度水にもぐった。

(四)

峡谷を風が吹きぬけていた。

私は家族と共に在った。

展望台のようなところから一枚の板、それは丁度、ダイビング用のそれに似ていたが、突出していた。

私達は、その上に在った。父が一番根元に在り、手摺の延長をかろうじてとらえていたが、その先にある私たちは、なにもつかまるものはなかった。

ただ約束があった。

それは家族の一人一人が、順々に体の一部をほんのわずかでも接触していれば、絶対に転落しないということ、もう一つは、父が、一番元で、手摺から手をはなさないということであった。

私はその板の一番先に在った。父が一番根元にあり、その中間は、すべて黒子であった。峡谷を吹きぬけてくる風は、まぎれもない、モンスーンのそれであった。

ヒマラヤの山腹から生じ、タイ、ビルマ、ベトナムの北部をかすめ、中国南部で肥大し、朝鮮南部から日本列島に至る、アジアの風であった。

時に突風であった。

私は体のバランスを失った。

転落したと思った。

私は、かろうじてなにかにすがりついたように思った。

詩集『日本との和解』（二〇〇二年）抄

渚にて

あなたはもう　夏の人だ
サンダルは潮に濡れ　脱ぎ捨てられた
子等は拙い文明の壮大な防衛に勤しんでいる
かつて
これほど絶望的な戦いにのぞんだ市民達が
他にあったろうか

第一の土塁は突破された
第二の土塁は流木によって補強されたが陥落した

ああ
とうとうあなたも従軍するのですね

私たちのびしょ濡れの戦線

そしていつか私たちは家族であることすら忘れ
世界連邦を組織した
ついえ去ろうとしている私たちの文明を前にして

十四歳

バスは街をぬけた
少女はすっかりと膝の上で寝てしまった
似合いよといくつもの視線が微笑み
少年は気はずかしさに目を閉じた

バスはどこにいくのか
鈴懸の実太らせるこの刻に
急速に太っていく喉があり血管があり

なによりもはげしく戸惑う胸があった

目をあければ運命がきまる　とおもった
貸切のごとく歌声は
それでもつましく後部座席でハモり
はっと目をあけた少女の
きょとんとした頬のうぶげをてらす
ふかく差し込む日差し

バスはどこまでも
どこまでも行くがよい
至福の陽は
まだじゅうぶんに高さを維持している

照恋

なんというあかるさでしょう
皆伐のあとの紅や黄色の雑低木の
全山そめあげられた径をゆけば
きみはほほを上気させ
手ににぎるもみじばの一枚よりもあかるく
喉のおくの秘密を暴露して

八百年も待ったのよ
と　かけるようにせまる夕日よりもすばやく
背伸びして染めあげて私にみせる
その媚態のむこうに
どこまでもどこまでもつらなる
あかるい峯があり

今はもう　だれにも邪魔されぬ径があり

この至福の朝の

駅までの十五分をあなたと
共に歩めることのうれしさに
（芽ぶきに）先だつ小枝の力の充満となり
肩など抱けば
くすぐったいわと
芽はいっせいにかさぶたをはがすのである。

こんなに幸せでいいのかしら
と　あなたはいうけれど
他のどんな生き方も
あなたが許してくれないのだから
いまはただこの季節にほうけよう。

とんでゆく柳の綿毛のように
軽く軽く歩きながら　信号の赤だけには
気をつけようね。

ほら二人で行く駅までの
十五分のあまりにもの近さに
すっかりと仕事へ行く（ことの重さ）を忘れ
私たちは
線路をはさんだホームの両側で凪となった
（その凪　お腹が出っぱっているね）
（なに　風神の袋さ）

みちゆきはみんなで

くるまがとおるごと
ふぶきが　おそう　落花さかんな峠のみちは

くるまをすてて　みんなであるく

時は流れ
（時は過ぎ。）
あなたはちっとも変わらない
いえ　あなたこそ
ふきだまりに足をとられ
気がつけばひざがしらまで
はなのみぞに埋まっていた

よろり
おったひざよりとびたち
うれいなく青空にきえていくもの
これでよいか
（これでよかったのだ。）
多感だった日々のあかしの胸のうちに吹く
青嵐のごときもののよぎる影よ

今は手をさしのべて
こううけとめるはなのひとひらの髪にかかる
その下の白いものよ

だれがだれにこひしたか
今も　酔わねば言えぬはなのみちは
くるまをすててさんざめきながら

鴇色の朝

びっしょりと夢の重さの中で
放心した　母さんを知っている
日常という大根洗う井戸端
母さんは鈍く光る包丁握り締め
いまだ七歳のままの長兄を切り刻む
かつて一度も見せたことの無い獣の微笑うかべ

まだ重過ぎると血の骨を砕く
憶えているよ母さん
駄菓子やの店先
ちゃきんしぼりの並んでいた朝を
でもぼくたち
一度だって手をのばせなかったわねえ
母さんは子どもたちをひきずる
浅い夢の河原で角の無い石を編みながら
残酷なおとぎばなしの後先に迷う
きょうもひきつった微笑　空を見ている長兄の
曲がったままの頸骨　風にさらし
それから魚の目　カラスにつつかせ
それから朝の皿　カミソリを頸にあて
残された自身への執着を
切る
というのだ
それからやっと一人になれたよ

と　巡礼の旅にもぐっていけるのだ

くずれる
そこにいるのはだれ
くらくてなにもわからない
だけどほんとうは知っている
ぼくらが黒穂を抜いて
麦笛を鳴らすしぐさで街へでたあと
長兄をもう一度産み直そうと
寡黙にひかる魚の腹を裂き
取り出した腸のような闇の縁で
放心していた　母さん
であることを

それから母さんは
つま先を　きっと　揃え
一度だけふりかえる

今度こそ誤りのない朝　と
娘の羞恥で身をくねらせる
目覚めへと続く
鴇色の空　にもぐっていったのだ

花の駅で

散りしきる花のプラットホームで
小旗をふりしきる女たちの幻影を見た
「そんなこともあったでしょうねえ。」
本線とは名ばかりの東北の小駅の
跨線橋の手摺にもたれ
妻と子と私の花見
線路と並行にどこまでも続く堤の
薄墨色に散りしきる花の暗さをみていた

「これからどうなるのだろう。」
答えはためいきのみだった
遠くにきてしまったという実感がある
いつでも赴任先では土着の人間になろうと努める
それが私の信条だった
信条とは
どうころんでも建前で生きることを意味する

女はなぜ　ジャンプできるのだろう
昔、ある人が
「愛があれば海峡もチョークの線も同じよ。」
と言い放った
「女は生物の歴史の長さだけ流離を強いられてきた、男のそれは今始まったばかりだ。」
という妻の持論を「だから男も耐えるべきだ。」
と　あえぎつつも全力で受け止めてきたと
本心から思う

「男たちはどんな気持ちでこの駅から出発したの
でしょうねえ。」
答えの代わりに私もまた溜息をついた

酔った男たちは　花のむこうに消えてしまった
駅舎の屋根も
芽吹いているはずの柵の下草も
きちんと積まれた古枕木の上も
今はもう　花びらで埋めつくされた
ただ道床バラスの上だけが
いつまでも赤錆色のままだ

「ちょっと」と　言ったきり
妻と子等はどこへ行ってしまったのだろう
日はまだ高いのに　ここだけが暗く
今　あずき色の列車が足下を過ぎた

帰ってきたら
「痛い！」というまで抱きしめてやる

また　いちだんと
花の散りしきる影が騒がしくなった

喪失の意味

家と家の僅かな隙間を潜り抜ける
脇腹を粗壁の竹が擦る
突き当たりの木戸の閂はかたちだけで
幼児でも手を伸ばせば外せられる
指先に残る木の感触
そうしてまた右、左と小さく小さく曲がり
大通りまで抜ける
それが私だった

男は竹箒で道を掃く
自分の家から東西南北、辻から辻まで
そうして一丁ばかり離れた閻魔堂の集会場の
うち、そとを掃き清める
子どもは痴呆の彼をからかう
わらうだけの彼に子どもはすぐ飽き
べつの獲物をねらう
それが私だった

水神さんから用水が発し
流れて分流を重ねまた流れ
ここは町中
家の傍を流れる三尺の溝となる
夏、父はせき止め三歳の私のプールをつくる
手を底につけてさも泳げるようなふりをする
そうして父のわらいをひきだす

それが私だった

五感で知りえるもののすべて
風にゆらぐ梢
窓と重なる水晶体をながれるみみず
どうしても越せない暗い「まんぼう」*
駅舎の深紅のダリア
軍需工場の廃屋に咲く大待宵草
町や人や水
強いもの、弱いもの
老いや病や死
貧しさ、盗癖、アル中、………
それら一切の他者を含めて私とよんだ
ああ　私には影がないのだ
夏のなごりの真昼の紫外線に被曝し
白黒の反転するアスファルト舗装道路のうえにた
たされている

たしかにそばで共に歩いているはずの妻の足音が
聞こえない
道ゆく人はみな　みみくちが無く
無人の自動車があわあわとながれ
犬、猫だけが人語をかわしている

いつから私が私でなくなったのか
煩わしいものをすべて剝ぎ落とし
父や母　祖母　兄や姉や　かもしれない子等の弟
妹
結果として　すべて食べてしまった私
私に影がないのは
いや　私と特定することもない
時代を共にした男達の背がこころもち丸いのは
受け持つべき男の仕事をあまりにも果たせなかっ
たという
悔いのせいなのだ

今　すずしい風を欲しいと思う
たまらなく　足を浸す清流を欲しいと思う

＊　まんぼう＝静岡地方の方言で小トンネルの意。

幽霊

世界を一元的に示す言葉なんていらない
ただ　鴇色の空に消えて行く
朝の夢のなかで
よんでいる父母、兄弟、おじおばや
いとことか　はとことか
妻子、まだみぬ孫とか
まして古い友人の背中しか見せぬ
切ないあいさつ。

それら世界を一元的に
縫い込んでいく　朝のまぶた
動悸の　いつまでもいつまでもおさまらぬ胸を
ひしと抱き締め
けなげにも日常にかえっていくのだ

おとこだねえ
ボイジャーの太陽系離脱の門出に
高名な女流評論家のはなむけのことば
靴をはこうとしゃがめば、背に
暖かな気配
現実の男だって毎朝太陽系を離脱し
虚空の銀河に飛び立って行くのだ。
ナニヲアマエテイルノダ。オンナハソノアト
ミオクルモノトテナク　オナジコクーニ
トビタッテイクノダ。
世界を一元的に示す言葉なんていらない

すべての価値を
身辺のごくちかくのものに限定して生きること
まず　これから履く　黒靴をおくスペースを
確保する方法について
狭いとは言え玄関をうめ尽くす靴を
ズックは重ねてもよいが
女物のバックスキン調のものは汚さないよう
そっとつまんで一番脇に寄せ
休日履いた茶色のおのれの靴を下駄箱に収納する
だけどほんとうは
そんなことなんかじゃない
そのことができる心の余裕を確保するための
根源的な壁に
やわらかに対峙すること
それが個人のレベルにとどまるとしても
そのことだけが世界を多元的に
説明しうることの意味を

私は
私の背中は朝みた夢を背負っている
私が私であることだけを願って
さまよっている幽霊を背負っている
だから私は
いまさしあたり
靴の踵を潰してはならないのだ

彼岸頃

例えば遠い昔、
至らなかったひとへの想いに
詫びて泣く夢をみている私の顔を覗き込む人の
心細げな顔。
左肩にちいさなリボンがピン止めされている。

古色いろの少年が大阪、「天王寺」の山門で
輪宝を回している。
私たちの至らなかった近・現代史の、
至らなかった証のように
正確に言えば輪宝に手を置く少年と
傍に立つ利発そうな少女とのツーショット写真。
利発ゆえに「新潟」から「北」に向かうと
この大阪で消息を絶つ。
古来、ここに立てば、別れた人との再会が約束されている。
「○○さんが○○さんを探しています。」

朝見る夢はきまってさびしい。
まして朝の雨が斜めにガラスの窓を
目覚めへと激しく落ちていく夢の中で
泣いている私に
泣いてもいいのよと　同じように泣いて

私の頭を掻き抱く人へ
みていた夢を語る朝のしぐさ、めざめへの繕い。
もうだれとも別れたくない。

大阪天王寺では同寺縁の行事に倣って、戦後ずっと
春秋の彼岸会に行方不明者の相談所を設けている。
尋ね人への伝言掲示板は常設だったかもしれない。
同寺縁の故事とは、謡曲・弱法師・説経節・俊徳丸
など。

不帰は鏡の前に立つ妻の背中で

かあさん！
このごろまた、かあさんの夢を見る
かあさんはいつだって小さくてやさしく
姫鏡台を卓袱台の上にのせて髪をすく
すきおえたあと、なでたように丸い両の肩で
一度だけ深く呼吸する。
それから、生え際の白くのびた分だけ
「わかまつ」でそめる。

かあさんは時々夢でうなされる
明治三十七年、藤枝の宿のはずれの農家で生まれ
たかあさんは
小学四年、大水のでた翌春、静岡の医者の家に子
守奉公にだされた。
二年目の夏、奉公先で失火があり家に戻された。
夢のあと「わたしのせいでない」とかあさんはき
まって泣く
青い蚊帳が火炎でつつまれ、気がつけば一人外に
逃げ出していたという。

かあさん！

すっかりと黒髪になったかあさんは
たった一本のかんざしで、丸くちいさく髪をまとめる。
それから両踵をきちんとつけてまっすぐに、
柱のちいさな鏡で帯をなおす姿勢を兼ねて
平行に立つ。
それから右九十度正確に首をふって鏡の人となる。
ちょっとだけ若返った　かあさん！
暗い居間を明るくするため闇のような台所におりていく。

数えの十四歳、
かあさんは浅草のみやげもの店に何回目かの奉公にだされた。
こぎれいな「みだしなみ」はそこでみにつけた。
関東大震災で崩れた「十二階」を後に箱根を裸足で越えてもどった。

かあさんは翌年、一つ年下の隣の町の島田の宿の父さんと結婚した。
かあさんは　男児五人女児三人を生んだ。
男児二人を就学前に水の事故で失い、
長男も同じ就学前に脳膜炎で障害児となる。
（その長男も母の死後五年でなくなる。歳月は更にながれ、長兄の面倒をみてくれた次兄も今年平成十三年三月に没。末子の私と姉三人は健在。）

かあさんの一周忌の年に私たちは結婚したから
妻は私のかあさんを知らない。
だから当人が
いかに私のかあさんに似てきたかを知らない。
かあさんの夢を見るのはきっとそのせいだと
妻の鏡の前に立つ後ろに立って
そっと　かあさん　とよんでみる。

誰彼とき

とうさん
の声に振りむけば妻
夕日の未練が駅から小さな谷を越え向うの丘へと
線的に伸びる道を照らしている
二人はそうしてずっと昔から、肩を並べて歩いて
いる
谷……地学的にはそうである川筋の道へと
今は自動支払機だけになった銀行のある角をまが
る
あっ　こうもり
川……手すりと歩道とかりそめにも二車線を確保
した護岸……をしばらくたどる
昔、文化住宅と呼ばれた……が上へ一階のびて三
階の……びっしりとはりついている
外の方が過ごしやすい季節になりましたね
年寄りと子供が手すりにもたれ川面をみている
また角をまがって住宅の露地……とよぶには抵抗
のある道幅のある……に入る
だれかれの隔てなく子がむらがりだれかれの隔て
なく母らしき人がむらがり
だれかれの隔てなく父らしき人は子たちをてまね
く
ここではまだ、学校が新設される

一つ角をまがる
地形は谷を過ぎ丘のかたちを見せ始める
標高に比例して少しずつ家屋は戸建ちの体裁を整
える
そのことの逆関数として子たちの姿はかき消え
子たちのいないことの正の関数としてその親の世

代の欠落
ここでは、標準語で悲哀が語られる
それは、多分、こうだ
およそ一世代まえ
日本最大の生徒数と喧伝された中学校校区が丘と
川に分割されたころ
丘の子らの親の大部分は支店族……東京の中心部
に本社を置く大企業……
の社員達のコロニーであった
そして、もっと高台（地形上は尾根筋といってよい）には
さらに一世代ほど前の入植者たちの館が……
鬼子でなければ子は親を踏襲する
その子たちのほとんどすべてがなんという葛藤も
なく家をあとにした
親もまた、それを当然のこととして受け止めたのだろう

ここでは「アルジャーノンに花束を」の作者の悲哀はすでに無く
むしろ、多分、親を越えられない未来に一抹の不安を抱きながらもなお
で　なければならない近代の必然に　なんのてらいもなくとびたったのだ

また一つ角をまがる
坂の勾配がきもちきつくなる
私はいつだって角の家にすんでいる
遅れてオンステージした私と妻の意識にまだ色濃くのこる路地の温み
幸福というならばそこにまさるものはなく
そして、そのことに由来する逆のこだわりについて
そろそろおとしまえをつけねばならないと
力を込めて妻の肩を引き寄せる

あっ　とうさん
日はとっぷりと暮れ
もうたれかれの識別はなく
…………。

N氏への手紙（下書き）

（梶について）

五味川純平の小説、「人間の条件」の主人公「梶」は満鉄の傍系鉱山の労務担当社員である。
強制に近い形でかりだされた中国人労務者の処遇改善に個人的に全力投球する。
しかしながら、会社のうけはもとより、絶対的な支配―被支配の関係の中での個人の善意などが彼らに理解されようはずが無い。サボタージュ、反抗、暴動とエスカレートしていく……。その窮地を救ってくれたのは皮肉にも会社の梶に対するアカのレッテルと現地徴兵であった。それはまた、過酷な運命の扉のほんの入り口だった。五味川純平その人がモデルと言われている。

（N氏への手紙・追伸）

北の海に散開死する死滅回遊魚のイメージをNさんに抱いたなどと失礼なことをもうしあげながら、そのイメージが、言葉の原義における、インテリゲンチャの象徴的な運命であることに眩暈するほどの嫉妬を覚えました。
さて、徴兵された「梶」を待っていたのは、野間宏の「真空地帯」に代表される新兵に対する私的制裁です。厳密に言えば脆弱な精神と肉体を持つ同じ内務班における都会出身の同僚新兵に対するそれを庇ったのがことの発端でした。ここでも梶は個の意思を通そうとするのです。「梶」は帝大卒という設定でしたから、望めば試験を受けて、士官に任じられることはたやすいことでしたが、ここでも兵の中に留まることを選択します。Nさんに講釈するのは、釈迦に説法ですが、限界的窮乏下に育った農民出身の古参兵からみれば、内務班は天国だったに違いありません。食い物の心配をしなくてすむ、最初の体験が内務班での暮らしだったのです。梶のようなインテリも、大店の旦那さんも、みな等しく兵で、序列は星の数が同じなら先着順と明快でした。
ここで大切なキーワードは、将と兵は別の世界の人間だということです。将校たちは、将校だけのソサエティで閉じており、内務班は兵の自治だったのです。むろん、兵制における成文規則がどうなっていたかは別です。大西巨人の「神聖喜劇」はその成文規則を唯一絶対の武器として、個人を内務班と対峙させるのです。
なが／＼と小説の紹介をしたのは、Nさんや私の体験をなす職業世界もまた、兵と将校の関係と近似していたという認識があるからです。大企業の社員と下請けの作業員。そこには壁が厳然として存在しました。実は建設業の現場に三十年以上身を置きながら、私には、作業員の特定の個人が、家庭を持っているのか、どこに住み、子供と過ごす休日はなどほとんど知らないのです。それで済ませてしまっていたのです。

（死者が作った山陽新幹線）

労働基準法の一部でしかなかった安全衛生に関す

る部分が独立して、労働安全衛生法となったのは、昭和四十八年のことです。Nさんはそのころ、多分、総務関係を担当なさっており、新しい法知識を真っ先に吸収する立場にあったとおもわれます。この法の施行を境に労働災害はわずか五年の内に死亡災害において十分の一以下になります。昨年来、覆坑コンクリートが剥落して、非難を浴びている山陽新幹線の建設工事は、万博の前後だったでしょうか？　実は全く記憶がつながらないのです。しかし、ほとんど誤りなく、同僚の置かれた環境を推定できます。

山陽新幹線は、わずかな取付部を除き、橋梁と高架部とずい道で構成されております。特別難しい工区は一つもなかったのです。そこで、百人近くの死亡労働災害が発生したのです。このことは、当時国会でも議論されているはずです。死亡災害の原因の唯一にして最大のものは、工期でした。

今日なら考えられないことですが、死者を運び出す傍らでズリトロが動いていたと、まことしやかに、伝説化しています。

いったい、あの時代はなんだったのでしょうか？いっそ戦争の遂行なら理解できます。単なるお祭り騒ぎに間に合わせるため、いや、それもまだ、理解の範疇にあります。開業と決めた日がある、そのためだけだったのです。

（一説によれば南京大虐殺の被害者は約百人ということです。しかし、百人殺せば大虐殺という冠詞が付くことは、国際的な常識だそうです。ならば、大虐殺をもって築いた山陽新幹線ということになりましょう。）

当時、労働安全衛生法が財界の大反対のなかでも日の目をみることができたのは国鉄の新幹線建設に伴うこれだけの犠牲が礎の一つになっているのです。

コンクリートが剥離脱落するのは、その時とじこめられた、犠牲者の魂の悲鳴のせいでしょう。継承企業体たるJR西日本が知らないとは言わせない。だれもが、「おいしいところ」だけをいただき負の日本の歴史を継承したくないならそれでよいのです。

みんなぼろぼろつぶれていくだけです。

私個人は、幸い、作業員が死んだ工事というものを経験していません。

（真に労働者の安全を確保したのはだれか）

Nさん、作業員の安全を確保するため現場で実質的に働いたのは、われわれの同僚でした。

「梶」のようにインテリにはほどとおい、多くは工業高校を卒業しただけの左翼思想とは全く無縁の、まして、軟弱な詩人であろうはずがありません。政治の世界につながる部分が世間でどんなに非難されていようと、現場には全く関係ないことです。

今、休業を伴う労働災害は百万延労働時間あたり一件以下です。Nさんの現役時代に比べ二十分の一ほどになっているはずです。

私がわけのわからないことで悩んでいるその間に、単に仕事として、そのあたりを淡々と消化していったのです。結局「梶」は不要でした。ただ、法規制と、会社と個人双方にそのことに対する、経済的動機があれば十分だったのです。

（こころは「梶」の幾万の男達）

ほんとうにそこにドラマがなかったのか、と問われれば、私は、はにかみながら答えるでしょう。ドラマは男たちの心のなかで緞帳が上がることなくひそかに緊張の連続として始まったのです。

事故災害はめったにおこるものではありません。何一つ手をうたなくても、絶対に近いくらい事故災害は起きないのです。手をうつとは、結局はほとんど無駄になるとわかりきっていることに莫大な予算を割くことを意味します。

一方、利益を多く計上すれば、その個人の評価は高くなり、昇進、昇給に直接つながります。どこの会社でも同じでしょう。

その狭間で常に判断を迫られているのが建設業の場合、現場を預かっている所長です。そして、その判断の何十年という積み重ねが職業人としての人格を形成します。

一人一人実にいい顔をしています。きっと日本中に何万といういい顔をもった「漢」がいると思います。

私はといえば、所長になれないまま現場をはなれ、安全の専門やに、そして、環境問題が世間で騒がれるようになった後は、環境やに転進しました。自分の意志でもないのですが、不本意な配置転換ではありません。むかし、万博会場へのアプローチだった千里ICの工事に従事していたころの先輩が土木部門の人事を担当する部長になったからです。環境やへの転進は、自分の意志がすこしだけ介在しています。新規に一課を立ち上げるので、座れといわれ、二つ返事でひきうけました。かつて炎天下で測量などした同僚がみな、大現場の所長です。河井のいうことならと、かなり本質的な部分さえ積極的に受け入れてくれます。（しかし、みな、数年で定年をむかえます。なにより、ゼネコンの時代が終わろうとしています。）

Nさん、少しだけ時代は進んだようです。この二月、Yさんの出版記念会の席でNさんもご存知の○○さんに「かわいさん、ずいぶんいい男になって」と言われました。

私、その言葉を星のように胸に飾ろうと思いました。

赤い月もしくは渇仰

（大阪万博会場建設・合宿）


ぶよ～んとした赤い月が球形ガスタンクの上に懸かる。

長靴をはいたままの足を土間において、体の形に汗で腐りはじめている畳に膝から上だけをなげだし、ただ疲れて二時間を眠る。雨にも似た音に目をさます。雨なら雨のような段取りをつけなければならない。いや、違う。あれはきっと、隣室での麻雀牌をかきまわす音だ。食堂の網戸の内の煮魚を横目で睨んで、ちょっと仮眠をと思ったのは七時。目覚めてもなお、ぼおっと体温の低下を待って十時。結局、夕飯はのどをとおらなかった。

炎天下での作業（作業員からみれば、ただ立っているに過ぎないにせよ）で体内に取り込んだ熱はひたすら、夜の時への放散以外になかった。


（理工系かつ体育系の男達）


あの男達はどこまで体力があるのだろうか。

タバコの煙の底に一升瓶を置き、おきまりのように目は鰯の腐ったように赤く（京大だか、阪大だかで学んだはずの言葉は無く）わたしには解らない符牒のみが飛び交う。

あの人達は今、いかに馬鹿になりきれるかを試されているに違いない。

試しているのは、私と同期か、少し上の高卒七、八年の輩である。

いや、試されているのは、逆かもしれない。

あの人達はそれだけを学んで卒業したかもしれないのだ。

私には信じられないことだが、仕事の上手さは彼らのほうが私よりずっと上だった。タバコとか酒とか麻雀とかを通じて秘密の体力と仕事の極意が得られるのなら、いや、客観的に考えて、だれだって、体力が続くはずがなかった。彼らは、どこかで手を抜いているに違いなかった。そして、仕事がそれぞれの手によって為され、自分がいるいないに無関係に遂行されていくこと、ちょっとした「さわり」の部分をぬけめなく押さえておけば十分なことを、タバコとか酒とか麻雀とか時にはポン友として、共同学習していたに違いない。そして、そのことのメリットは私だって、わかってはいた。


（男達の教室）


初めに体力ありき。

明日の仕事に差し支えるの一言で、私は一切を拒否した。そのことを楯にすれば、身にそぐわぬ習慣との妥協は理屈としては拒否可能であると、そして、そのことを四半世紀をもかけて実証せねばならなかった。彼らの致命的なあやまりは、自覚なく他者の時間を奪っていること、そして、そのことが、暴力的な強要でなく、ささいな、ちいさな、一言の、伝言の追加の有無。たとえば、昼間の段取りの変更の本当の理由がその場を共有していなければ獲得できないといった性質のものに集約されていたことだった。そして、最大の不幸は、そのことにより、それがほんとうの意味における、教室の機能を有していることだった。（教室は所長の名前を冠し普通××学校と呼ばれた。建設業一般、どの会社にも他社に聞こえるほどの名教室がいくつか存在した。校長は、特定の技術の世界のエキスパートであって、その技術名の下に苗字の組み合わせのいわゆる「二つ名」の男であった。校長は二つのタイプがあった。その後、その二つ名の由縁をもって、ドクターを取得していくものと、ただ、利害、功利を説くだけに終わったものとである。そのどちらが、真の校長たりえたかは、最近、自分のなかで、評価が混乱し始めている。）その拒否の積み重ねが意に染まぬ遠隔地への転勤であったり、価値観上忌むべき分野の工事だったりしても、甘んじなければならないことを私は覚悟していた。なぜなら、教室の外にいる者の意向は本人に直接確認してはじめて判ることだし、だれかが行かねばならないとしたら、私が行くべきだとするのは、私の（まだぼんやりとはしていたが）行動原理だった。なにより、忌むべき対象の吐露など内面を暴露することは私の自滅だった。なぜなら、私は「共産主義者」より忌み嫌われるべき「怠け者、臆病者、卑怯者」だった。なにより、そんな脆弱な肉体の上に乗っかった自分の精神を信頼することができなかった。そのことを見透かされることがなによりもこわかった。だから、私は二つ返事で、どこへでもとんだ。

（渇仰、あるいは憧れ）


酒など強要されたことなど一度もなかった。

意識的な不利益など受けたためしは一度もなかった。

なぜなら、企業は営利を目的としており、国家倫理の体現たる旧軍とは違った。

（旧軍のことなど、知るよしもない世代の私にとって、数冊の小説とその映画化されたものが知識の全てだった。）

違うと判っていながら、私には輪郭の不確かな挑戦の対象だった。

いや、そこで働く同僚、先輩、上司の、この上なく暖かい目との、見えない戦いのほんの緒戦だった。

それを壁と感じる私のこころにはそれはまぎれもない日本の古い秩序・規範そのものだった。

私の唯一の武器は、
辛うじて維持された体力の上に成立させなければならない、世界をまるごと理解する手段としての知識への渇仰、あるいは憧れ、そのものの力だった。

アサヒを黙って飲む

定時のチャイムが鳴る。
だれかが決まって
冷蔵庫から缶ビールをとりだす。
「じゃ、私も」
と、引き出しから裂きイカをとりだす。
昔のように、若いものに、
「仕事をやめて、テーブルにつけ！」なんてだれも言わない。
集まるのはロートルだけ。

某建設会社の某支店の全部で十二人ばかりの
普通なら一課ですむ所帯。
安全環境部。
それでも部というからには部長がおり
三課が配置され、課長もいる。
ただ、平の課員が全部で三人だけだということは、
あとは全て役職名がつく。
役職者のうち三人は
部長を含め、あと一、二年で定年を迎える。
次長兼建設公害対策課長なる長い肩書きの私も
その一人。

定番のビールは、いつのころからか
キリンラガーから

アサヒスーパードライにかわっている。
酔うほどに傾けるうんちくは
マックス・ウエーバーがどうのこうのと
昨今の様変わりは二度とひらくことのなかった
テキストのお披露目。
この勢いで行くと資本論の輪講とまで
いきかねない。
まけちゃなンないと私は企業災害の構造を
天皇制論から説き起こす。
そんな気負いも、すでに数年前までのこと。
(結局、節目、節目に助けられたのは、この人達
の秘めたるリベラリズム。)
だから、今はただ、黙って飲めばよい。

キリンの苦さが嫌いだった。
「おとこはだまって」の裏に見え見えの
舌の好みの序列の再確認を無理強いする

そのコマーシャルが嫌いだった。
(だけど時系列的に考えればその時点で、時代はとうに子供舌をも許容していた。)
だけど、もっと嫌いなのは
酒席が下世話な話で盛り上がること、
いや、それよりも無言の裏に隠された
陥穽のごときの強制。
今、「おい、ちょっと手を休めて飲もぉーよー」
と、声をかけなかったからって
気がむけば、半世紀近く遅れても
私のように
座る者は座るさ。

さばの煮付け

今日、一日、二回もさばの煮付けを食べていた。
青魚が体によいからとかいう知識のせいではない、
五十八歳の身体の単なる好みの変化なのだと思う。
父は私の今の歳に死んだ。
とってもさばの煮付けが好きな人だった。
いや、もっと他に、好きなものがあったかもしれないが
職工の給金で、家族八人を養う内でえられる一番
美味なものが
さばの煮付けだった、ということなのだろう。

終身雇用などという言葉がまだ無く、
月給取りが社員様と呼ばれていた時代
日給の職工とか、請取り給の職人の家庭では
父とは、さばのハラミを食べる人の別称だった。
たいがいの父と名のつく人はどこの家でもそうだった。

一番おいしいと、世間様がいうところを父が食べる。
そして、末っ子は尻尾の方の骨のついていない片身ときまっていた。

父の好みの
ほんとのことは判らない。
あれは「父の好み」という大人たちの共通の幻想。
あるいは、父という名を持つ故の、家族への遠慮。
世間様に反する好みなど口にだすことは
とっても　はしたないことだったのです。

私は　と言えば、
自分の稼ぎでくらしだしてから、ほとんど食べたことの無い
さばの煮付けが一昨年から好みの一品に変わったけれど
いぜんとして、
さばの煮付けは尻尾の方の骨の無い片身ときめている。

「さばの煮付け」後日談

おとうさん　こっちにハラミがあるのに
そんなおっきな娘もった憶えないワ
と浪速は船場のビル街の昼時
持ち帰りの惣菜を求めて
スーパーの売り子ならぬ
売りおばさんとの掛け合い漫才
前号の「舟」の「さばの煮付け」の
詩原稿を送った三日あとのこと
いやいやとか共食いとか

自分の腹をさすってみせて
なんとかそこは誤魔化して
やっとこさ尻尾の方をゲット
（詩では）貧しかった時代の
反古になった約束を持ち出したつもりが
白昼のお化けのように堂々と出てしまった顚末を
だれかにむしょうに話したくっても
会社で「さばの煮付けのハラミ」の話なんか
持ち出すわけにもいかず
家まで持ち帰って
予言が的中したがごとく口角泡を飛ばす
そうね　あんたがいまだに大人になれないのは
わたしがハラミをたべさせなかったからよ
この国では産みの親の他に育ての妻がいるらしい

そういえばバブルの末期
関西空港への連絡道路工事の着手時
「近くで工事します」と挨拶に伺った
ある家のこと
「伺います」と電話でアポとってのせいか
「御免下さい」に間髪を入れずに
「はあーい」との返事
その家のおかあさんがいう
「今日は息子に話をうかがわせます　よろしくね」
おかあさんは寡婦
十七歳・高校二年だというダニーボーイの
家長としてのオンステージに
こんな場面を選ぶなんて　ちょっとだけ面映い
きっとこの息子さんは
さばのハラミを食べさせられて　育ったに違いない

お父さんが健在なころは骨の無い方の片身
お父さんが亡くなってからは骨のある方の片身

おとうさん　こっちにハラミがあるのに！
おおきに！
良いとか悪いとか全ての判断を停止して

詩集『僕の友達』（二〇〇八年）抄

きつね

雨が降りだすと
下の娘はきまって眠っているのでした
ちいちゃかったころは私の腕の中で
まだ手元におった高校生のころは
遠出のドライブの帰り　後部座席で

寝息が聞こえてきたから
きっと雨が降りだすと
助手席の　姉の方の娘がワイパーを
わざとまわすと
五月の陽の下　葛城の山のあたりで稲光がして
水越の峠を越え　大阪方に下ろうとすれば

一陣の風のあと　激しい雷雨になるのでした
山をおりきるすこし前
小雨がまだのこるなか　陽が差しだして
虹までかけてしまった嘘のように明るい坂を
花で飾った子供山車が通るのでした
お子の数はすくないのですが
それでもお供の母御や爺婆とおぼしきも多く
みんなお子がうれしいようにと
狐の面をつけているのでした

うちらのこどもや
せんしゅういちや
おおさかいちや
にっぽんいちや

と　いつまでも　いつまでも続くのでした

そしてたくさんの車も
それはそれは　ゆっくりゆっくり　続くのでした

きがつけば助手席の姉も
後部座席の妻も
下の娘とともども
みんな尾をかかえて眠っているのでした

うらしま

おとこは最寄の駅と自分の家との
いつもはたった十三分の道のりを迷ってしまった
先年しろうとが趣味で始めたばかりの
花屋の前は確かに過ぎた　と
そこまでは覚えている

おとこは
初めてこの地にきた日のことを覚えている
もう一つの最寄の駅からは
遠くに　今は「記念」と追記された
大きな病院の看板が見えること
パチンコ屋はどこでもあるから
目印にはならないが
駅がそのあたりにはあるとの見当にはなった

不思議と人に出会わなかった
出会ったとしても
子供が大きくなってから移ってきたこの地は
しょせん他人のまち

もしもし　いま私は　迷子になっています
見渡しても見覚えのある家も大きな木も
遠くのネオンもありません
魅力的な竜宮城も無いようです
あれば酔って
醒めればまた人のまちに帰れるとおもいますが
大きな更地の端にこの電話ボックスがあります

溢水

降り立ったのは無人駅だった
まだ幼かった娘二人と　妻と私
季節はいずれだったか思いだせない
暑くもなく寒くもなく　陽もなく人影もなかった
ただ　真新しく舗装された駅前広場の一角は
用水路の溢水で浮草が散り敷かれ
ハヤが跳ねていた

この豊かな水流を遡った先に
水神さんがあるはず
そこでお弁当たべようね
私は家族から
「水神さん博士」の称号を貰っていた
幾つかの落差工をへて
水路の幅と水量がいよいよ豊かになり
平野が尽きてこれから先は山という地点で
水路は二基の連続した門扉を経て
隧道の闇に消えた
小径がブナの極相林の斜面を登っていた
唐突に山の頂　というより
大河を見下ろす巨岩の上に立たされた
ここでは河が大きく曲がり
露出した岩壁に本流が激突し渦をまく
その渦が消えるあたり
岩壁に刻まれた階段を下りた先

紺碧の淵に取水塔があった
硬質煉瓦で築かれたそれは
可動部分の無い構造ゆえに
機能維持に関する人の関与
の形跡が確認できなかった
「博士」の知見では
この樋門を抱える露出岩を包む森は
水神社の杜でなければならなかった

無い
水神さんが祀られていない
この淵に至るに鳥居を潜った記憶がない
そうだ、駅からここまで
道の別れの道祖神も
お寺もなく墓所もなく焼き場もなかった
なんの神社も稲荷の紅い鳥居も
忠魂碑もなかった

集落を見渡せる要害の地にあるべき愛宕社の
麓の鳥居も無い
ただ駅から徒歩で小一時間
水路が三面張りの間は
薄暮色の人家が続いていただけだった
私は恐怖に襲われた
早く立ち去らないと取り込まれてしまう
私達が第一番目の死者になること
が期待されているのだ
いそぎ下の娘を背負った
上の娘には理屈にならない訳をいって
お母さんの手を離さないように
と厳命して駅への道を急いだ

駅が視野に入ると恐怖感が後退した
溢水は収束しかかっていた
浮き草が散り敷かれ
ハヤがよわよわしく跳ねていた
みんなで　まだ助かりそうなものを水に戻した

列車は出たばかりである

お盆

幼いこどもたちは
狭いところに挟まって過ごすことが好き
押入れの中でほんとに眠ってしまって
お子がいないとあわてふためいた記憶がありませんか

そうでしょうと
坊さんは盆のおつとめの帰り際
少しばかりの時間を　と
この盆の棚座の足元

ミソハギだのススキだのをくくりつける
この慣わしの意味を
いっしょに考えてみましょうと
おっしゃいました

この家には先祖を祀る人があって
仏壇の位牌は裏返されているし
棚座の脇には岐阜提灯も灯っていますから
御霊は、まっすぐに盆棚の上にこられます
しかし
無縁の霊――おしょうろうさんはどうでしょうか
お盆くらいは
だれだって、どこかにかえりたいのです
だから
帰るところのある霊に、そっとついてこられ
この足元の
ススキだのミソハギの陰に潜むのです

かような陰を「よるべ」とか
「よりしろ」といいます
だれも自分のことは忘れてしまっていますが
お子たちと、おしょうろうさんとは
じつは大の仲良しなのです

ただ　お子たちと違うのは
遠慮のかたまりであるということです
かような　おしょうろうさんが
気安く寄られますように　と
昔、盆棚は庭にその都度拵えたものなのです
なにをかくしましょう
ここにおられる大叔父さまは
盆棚つくりの名人だったのですよ

このミソハギだって
普段は

ほんとうに目立たないところに生えています
だからこそ
みなさんの前に
年に一度くらいつれてきてやってください
それが功徳というものです

かようにかんがえれば坊さんへの布施だって
まわりめぐって
まんざらすてたものではないでしょう　と

満月の夜

吉野熊野国立公園内
の某山山頂のオリエンテーションハウス
湯浴みする野生生物の展示パネルに
目を凝らしていると

「まあ、だまされたと思ってついてきんしゃい」
というから
老人の運転する四駆の後ろについて
尾根筋の林道を縦走すること一時間強
脇道にそれ、谷底に向かうこと更に一時間弱
彼のいう目的地
微かなイオウ臭、某秘湯についた
この年、中秋は
ようやく残暑が和らいだ新暦九月二十一日
深い谷底の午後五時は月待日の宵の如く
虫の音色に暗かった

長い傾斜の渡り廊下を下った先の
岩風呂の更に奥、野天の湯の傍
流れにそった岩の上に白い布が敷かれ
あっ月見団子
男湯と女湯の仕切りの板塀は朽ちて

全面改装をするから　十月から
一年ほど閉めるとの予告看板が事実上の障壁
私と老人は少しぬるめのその湯に浸かった

「きょうは人多かったなあ／お日さんあるあいだ
脱ぐ暇もなかったワ」
だれか仕切り越しに女湯側と話をしている
廻らしても離れたところにある誘蛾灯だけでは
暗くてよくわからない
目を凝らしていると、何人かの顔が
ぼんやり見えだした
だけど、目を何度こすっても
それ以上詳しくならない
どの顔も、輪郭の不確かさ
曖昧な線を持っている
たとえはわるいが皮をはがされた兎
合点がいった

ここは禽獣や化生《けしょう》の者までが
各々の皮を脱いでくつろぐという
熊野《ゆや》の湯谷《ゆや》
さっするに彼等の類は昼日中
人が嬉しがってくれるようにと
毛の皮をかぶっているらしい
私たちホモサピエンスは幼態成熟的生物
大人になっても
羽毛とか毛の皮とか硬い皮をもたぬもの
今、ここでは
向こうからも同類に見えているのだろう
考えてみたら、こんなこと
ちっとも不思議なことなんかじゃあない
生まれも育ちも違う女類の
細君と同衾していることと、さも似たり
気付いたことに気付かれて
頭からバリバリと食われたところで

ははははは

帰路は熊野川水系を離脱すべく
分水嶺トンネルを目指す
くぐれば吉野川水系――あとは自由落下の法則
先を行く老人の四駆は病癒えた『小栗』の駒か
はたまた起請文《きしょうもん》の呪縛から逃げおおせた
逆説の烏
変じて先達《せんだつ》の誉れを担う八咫烏《やたがらす》
なにより、ここは中央構造線
天が線的に抜けている
一旦、月を捉えれば道はどこまでも明るい
こんな夜は
お友達がわんさとでてくるから
撥ねないようにねと妻の言。

庚申の夜の触れ

あとでかんがえれば
なぁーんだと思うことなんだけど
あんときゃ　しんにこわかったんよ

五十過ぎて四駆にはまって
そんで土日は細君助手席にちょんとのっけて
県境越えを手始めに
紀伊から中部山岳地帯の三桁国道
はては林道をくまなく駆け巡った
その最初の頃に出会った奇妙な体験
予約してあった紀伊山中の宿に
暗くなる直前に到着

飯もソコソコ　ただ疲れて二時間を爆睡
用たししたくなって寝ぼけまなこで
ソンで　みつからなんで
えい　いっそ外にでも　とおもって
玄関の下駄ひっかけて　でたんよ
いきなり
提灯ぶら下げた手首が近寄ってくるんだ
その後に化粧した盲目の老女の生首が宙に浮いて
いる
おまけに私の顔が見えているかの如く
能古面のかすかな笑いをみせたんだ
そんであわてて宿にひっこんで
布団かぶってぶるぶるふるえてたんだが
うん　ちょっと　なにかおかしいぞ　と

ワレこの宿の玄関戸くぐってから
案内された部屋はたしか二階

だけど今の今逃げ帰ったこの部屋へは
階段を上がった覚えがない
ソンすると
この布団のぬくもり　だれか他人のもの
へたすると
住居不法侵入で突き出されるかもしれない
それはないよな　と思って
めぐらすと　まあ見慣れた細君の寝顔
ソンで　わあーわあー騒いで細君を起こしたら
なんの騒ぎかと宿中の人起こしてしまった
すぐにわかったンだが
宿の客は私ども夫婦の他になく
宿の主人夫婦のみ

お客様は随分早く寝てしまわれたのですね　いえ
いえ私どもは寝てなどはおりません　少し外で用
事がございますので　でかけるところだったです

どうでしょう　わきの人にはもうめずらしいもの
になっておられるかもしれませんので　ちょっと
一緒にこられませんか
庚申講ともうしまして　ちょっとした寄り合いが
あるのでございます
昔は一晩中　寝ずのものでございましたが　今は
まねごとで十四、五人が　ほんの一時ほど　黙っ
てこんにゃくの田楽　食べて帰るだけでございま
す

それではと　どてらの襟を直して外に出た

あしたあたり「後の月」とか
月光は凄まじいばかりに青く
大人の首から下を被った濃密な霧の
撫でたように平らな上面を照射し
同行の面々を
白妙を敷いた棚の上の晒し首
に仕立て挙げていた

彼女はよろず集会の「触れ」である
月夜であるかどうかは盲人である当人の
与り知らぬところ
提灯は夜
めあきに自分の存在を示すためのもの
ここらは三通りの家があって
一つは今々の表通りで新道の傍
二つめは新道とほぼ並行して
少し高いところをはしる
古い街道に表をもつ軒ウダツのある旧家群
これは二町ほど続く
三つめは　その二つの道が
たまたま接近していて両方に表の有る
変形『吉野造り』

旧道側は平屋　新道側は増改築して二階建
つまり
われわれの今日の宿
二の人々は
それなりの格式の内に居住まいを正しており
ここでは　車の通過が困難の故もあって
彼女の触れ人としての役割もまたその一つ
垣内では何人にも
器量によって役割が与えられてきたのだという
まあ三は　両方とも付き合いあるから
かげでは蝙蝠呼ばわりされているかもしれない
それから
ここら季節の変わり目に霧はめずらしくないが
今日のようなのは七十余年生きてきて
そう何回もなかったとのこと
このくだりは宿のご亭主の言の要約

寄り合いは庚申堂といったものでなく
猿がとりもつ　春日社の社務所
これは不思議でもなんでもないとわが細君
ただ　一の人たちには　声をかけていないといわれ
よそもんとしては
こんにゃくがのどにつかえるような気分

今　おちついて
おでんなどふるまっておる老女の様をなぞれば
単色大柄な幾何学模様の銘仙に
濃い臙脂の帯を締め
ふくさにみたてた白いハンカチを帯にはさみ
春日さんの藤色に染めた　たすきをかけている
髪といえば　生え際まで上手に漆黒に染め
うしろで小さく丸め
縮緬のハギレで手絡までかけてしまっている

ほら昭和初期懐古ポスター展などでみる
モダンガールみたいで
ほんとにきれいでしたよ

鳧《けり》

平城山あたりを通ってかえりませんか
共通の友人の葬儀のあと
虫偏の男は女の誘いに乗った
（二人は互いの趣味を偏や造りで表現した）
黄泉のクニに通じているという
平良坂の社を過ぎたころ
ハンドルを握る女の顔が鳥に見えた

晩秋というのに
季節は毎年のように熟しきれず
桃の代わりになるという柿爆弾も無く
危険だと男は思った
黒髪の社を過ぎて同じ名の宿の前で
女は急ブレーキを踏んだ
髪を腕に絡ませるようにしてサイドを引いた

「捕食される」
その時男は
降霜前の深耕で掘り起こされた虫だった
白い腕がまっすぐに伸びてきた
手の先からさらに伸びた髪が黒い
頭の上で勝ち誇ったような甲高い笑いがした

「あっ　鳧！」

昭和史異聞

（昭和十八年の逃散）

二〇〇四年は、日本海沿いの各地で大水害のあった年である。

その年の暮、『城崎』の『地蔵湯』深い湯舟に浸かっていると、「片付けに倦んじまって……あんさん、どこからきなんした。」との声。

彼の話をかいつまむとかようになる。

「あんさん、昭和十八年生まれと……自分はその年、数えの十四、『大阪・道修町』の薬種問屋に丁稚に出された。薬の工場は大方、『堺』にあった。用事を言い付かると、大きな荷台の自転車で『大和川』を渡った。道筋は防火帯にするとかで拡幅工事してはった。これはあんさんが堺というから、おまけの話。とれたところは、『紀伊』の山ん中で八戸限りの集落。殆ど自給自足。自分等のところは、維新まで『〇〇宗』のながれをくむ《隠れ》で帳面にも載っていない末寺。この年、《翼賛》とかで、宗派もろとも、『〇宗』に宗旨替えすることになった。納得がいかんと今度は《散る》ことになった。戸籍はそん時、各戸めいめい動かした。自分等は大阪へ。『京橋』近くの込み入った所やった。おちつく暇もなく自分は奉公へ。

ごぞんじ昭和二十年三月から始まる大空襲で、親とは死別。奉公先は焼失こそ免れはったが、店はたたまれてしもうた。自分は奉公人仲間の二ッ上の女子に拾われ、この里に身を寄せた。昭和三十年に同女と所帯を持った。同宗の者とは一別以来

――である。《以後はアカの他人である》と、あん時の申し合わせがほんとになってしまった。大阪へは戸籍のことの他、用事をみつけて何度か行ったが、出生の地には、一度も帰っていない。今度、出水の片付けしちょると、今一度という気持が……。」

（隠田の傍の三本の桐の木）

翌年三月、雨雲が通ると、ある標高以上は雪が薄っすら掛かる紀伊山中の、その雪と雨の境の高さの峰筋を縦走する、とある林道の、更に枝の道に、四駆の驕りで押し入った。

杉の人工林を抜けると眼前は全山皆伐のパノラマ。雲が切れ、巨大な光の柱が降り立った。

その幾億カンデラという脅迫の元でも杣道の跡さえ見当たらぬ隔絶された山腹の一角、隠田跡と見られる石垣による十枚ほどの平地。その一番大きな五十坪ほどの平地の石垣の傍、桐の木が三本、立っているではないか。

今日の作業はこれまでなのであろう、索道で引き寄せられた大径の杉の下を潜るようにしてワイヤーを外していた老人

「戦前、ここら、女子が生れると桐を何本か植えた。どんな意味か知らんが、《あかに染まっちょった地主が転がされて意地になり、戦争の帰趨がどうであれ、農地解放があると、後家から田圃取り上げて杉を植えた》とかの話も聞いたよ。」

急に風がおこり雪がちらつきだした

ただ、三本の桐の木だけは光の柱に擁立されたままだ

都市の記憶　I

時雨が通った路地のどん詰まりの
ラーメン店の暖簾
ビルの微かな歪みが西日を収束し
そこだけ嘘色に明るかった
五人も客が入れば
窮屈なカウンターだけの店だった
客が座ると後ろを人が通ることは困難である
先客が一番奥の席で店主と何か話をしている
二人とも
どこかで見たことがあるような気がした
「おまたせ」
とカウンター越しにラーメン鉢が置かれた
隣にも一本と先客が指をたて
温そうな燗つきの銚子がでて
いよいよどこかで見た顔だと思い始めたころ
次の客が来た
少年の面差しをもつセーター姿の若い娘だった
「よく見ると男前よね」
と脇の椅子に置いた私のブレザーを
躊躇なくはおり
「手が出ない」と右袖口を折り返して笑った
次の客が来　先客が惚けた視線で
「じゃあ」と奥のドアに消え
私が一つ奥に席をずらすと　娘も倣った
また次の客が来　潮時と腰を浮かすと
「勘定は全部、先の人が」と
こういうこともあるかと
「じゃあ」と先客に倣った
ドアの外　正面がいきなり赤煉瓦の門塀だった

紅灯に浮かぶアーチ型の門が
色目の違う煉瓦で塞がれ
延びる塀の一部となっていた
「気にしないでください」
と店主がいうものだから
てっきり塀と店の三尺に満たない隙間を
ぬけるものとばかり思って
向きをかえようと身をよじるさい
門塀に上半身を預けたら
すうっと（体ごと門塀を）抜けてしまった

そこは眩いばかりのネオン街
「○○殿、お待ちしてましたよ」と先の客
なぜか男は「福助」姿に変わっている
「で、もう少しまってください」と言葉を続け
あの少年のような娘が塀から浮いてきた
そして次々と塀から浮いてきて
都合七人になった時
「○○も挙げたことだし、今からはシマ内で」と
「福助」が言い
一行としばし歓楽を共にした

バブルがはじけて十余年
シャッターの目立つ
気の遠くなるほど長いアーケード街を妻と一緒に
探索した
とある空ビルの脇
嘘色に明るい路地のどん詰まり
眼前は落日のパノラマ
更地化が原始の谷の地形を暴露し
底の方では復活の兆しが
切株の芽吹きの形で燻っている
（どうやらこのアーケード街は尾根筋に当たるら

しい）
少し下がったところ
爛れた赤煉瓦の塀が土地の起伏を無視し
アーケード街と並行に延びている
そこに上半を欠いてなお
アーチの証に構造用煉瓦の小口を見せた門が
回収煉瓦で塞がれて
延びる塀の一部となっている
はじらう色も混じる　その部分に身体を預けた
「また別の名前で呼ばれたりしていて」と
あらぬ（世の）声
花冷えだからと着せた
ブレザーの右袖口が折り返されている

都市の記憶　Ⅱ

どこまでも続くアーケード街
の、とある角を曲がった袋小路の突き当たり
時雨が過ぎ
遠くのビルの歪みに夕陽が反射して
ちょうど暖簾だけが嘘色に明るい
カウンターだけのラーメン店
客の後ろを通ることが困難で
順繰りに席を奥に進め、裏木戸を出たら
いきなり煉瓦塀
先客の少年のような女と、抱き合うかたちで
はずみで凭れたら、塀をすり抜けてしまった
と、ここまでは
いつかと全く同じなのであるが、そこは

湖の傍の郷里
梅雨を前にした一斉の大掃除
畳は陽に曝露され棒で打擲される
溝蓋は覆され、泥が浚われ
農協だか産土社の社中だか不明の
軽トラに積み込まれる
原型復旧の後
最後の最後に、消毒液が撒かれるという算段
「ちょっと早めに班長さンちに（消毒液を）頂戴しに行くから」
と、女は
合掌状に立てかけられた畳の向うに消えた
と、入れ替わりに、白地に黒の縦縞――男が好んで女に着せているワンピースと同じ模様の蛇が
こちらを覗っている

女がイタズラネタを仕込んだ時の少年のままの細い目とどこか似ている
お腹が大きく重たげであり
ちろちろと赤い舌がなにか言いたげでもあった
「なにか用ですか」との問いかけに答えはなく
足がないのに踵を返した
消えた先は、家の境の卯の花の垣
そういえばケージの中のヒヨコの数がおかしい
さてはと思ったが、猫のせいかもしれないし
いずれにしても既得権はあちら
この郷里で男がなにを生業としているのかの事情はさておき
たまたま女の母方の遠縁の在所という縁で
無住のまま三年ほど経過したという家を
草むしりと窓の開閉を条件に、タダ同然で
借りていたのである

垣の端から女が顔だけ出し
合掌のままの畳を一瞥
「なぁんにもはかどっていない」と、顔を
一度引っ込め、
足、膝、最後に、身重の全身が、顔をつれて
再度現れた
と、髪をてっぺんで括れるほどになった幼女の手
を
一卵性親子と言いたげに引いている
垣に隠れた時はたしか、足さえなかった筈と
記憶を手繰ったが
『時間管理局』の仕事は常に安寧秩序を旨とし
男の脳裏に靄をかけてしまった
陽は高みに達したばかりなのに
湖面を渡ってくる風の調べは
「畳は叩かなくてもいいから」
と、女からの手仕舞いの督促のようにもとれた

元の場所に納めようと女と合力したら
倒れてきた畳をすり抜けてしまった。

また時雨れてなにげに立たされている
袋小路の突き当たり
恥ずかし色の灯りが
畳模様の回収煉瓦で塞がれたアーチ門痕を
照らしている
どうやら
塀はアーケード街と並行して延びており
向う側は
とてつもない規模で更地化が進んでいるらしい
男は何か、そこで
かような仕事を、してきたような気もする。

喫茶『茱萸の木』の客　Ⅰ

その店は某政令指定都市の一番南よりのターミナ
ル駅から
快速電車で七分、駅前の坂道を徒歩で三分ほどさ
がった位置にある
この市も早晩　某市とはまた別の政令指定都市に
なるはずである

朝一番の客は決って女一人を含む老人の五人組
みな　とぼけてバラバラに座るが
若い女が露置く藪を抜けてきたような臭いが共通
する
彼等は　開店時間より少しだけ早く来て
席をわりふるらしく

週一回しか覗かぬ「男」の席も決っている
彼等はあまり多くをかたらないが
たまに「〇〇は今、どうなっている?」
などと聞こえる

『茱萸の木』という店名は
通りから五メートルほど奥に陣取る
『苗代グミ』の古木にゆらいする
古木というより
一株だけの藪といったほうがよい
店は駅前通りと直角にむいて
正面入り口は隣家の壁に向かっている
店と隣家の間は茱萸の藪を除き
アスコンで覆われている幅五メートルほどの
空間である
ここを道というと語弊がある
蓋のかかった水路であるらしく一メートル四角ほ

どの格子蓋が見える
グミは多分昔、（この川が）
自然河川であったころ
土手に植わっていたものなのであろう。

藪の裏に回ると
クラっとするほど明るい空間がひろがる
そこは某役所の出先の○○事務所――正門は又別
の通りに面している
「男」はそのころ、ある業のプロパーとして、こ
の市にある学校出という理由でもって、そこの某
課の来客受付カウンターに置いてある箱に、週一
で名刺を入れていた
役所の敷地は水路敷を取り込み鋼製の格子蓋がい
くつかと
公図上の不規則な河川敷の幅を現地におとしたで
あろう杭が対で

舗装の上に赤く頭を出している
そのどん詰まりは煉瓦塀で遮られ
申し訳程度の木戸がついている
塀の向こうは永く紡績工場であったが
近々スーパーにかわるらしい

「○○は木戸を作られてしまって通れない。」
とぼけた顔と見えたのは
遠い記憶を手繰っているせいである
「木戸くらい開けてとおればよい。だけど□□は
建物の下になってしまっている。」
「□□は不法占拠だよ、青線だから正規に払い下
げ受けてないと違うか？」
「ちくってみるかね？」
彼等はここらが昔、村であったころの地図の上を
行き来しているらしい。

喫茶『茱萸の木』の客 Ⅱ

（秋グミの収穫）

早朝から羽虫とぶ体中むずがゆい小春の日曜日
弁当の員数に数えてあるからと一昨夜、店主から
電話があり
作業着を羽織ってやってきた

店主と常連客、女一人を含む、しめて五人ばかり
が、とぼけた顔をして待っている
年代ものの『水利組合』の腕章を渡されて、「い
ざ水路の点検をば」
水路は府庁出先機関の施設の駐車場を縦断し、更
に先、どん詰まりの赤煉瓦の塀——の鉄骨で補強

苗代グミは
六月中旬に熟し
渋色の斑点をもつ赤色の二センチほどの実である
テーブルの上の籐の子籠の中、指で弄べば
青臭さをもつ甘い匂いが弾ける
「甘！」
頬が一瞬紅に染まって五人揃って目元凜々しい美
少年と美少女になった

「マスター、このごろ、ご老人たちが見えない
が？」
「あなたの仕事が実る、煉瓦塀の先の秋グミがな
るころに又きますよ。」
「男」は自分の正体がばれていることをそれまで
気付いていなかった
そういえば、マスターの破顔も怪しい

された木製の観音開きの大扉に飲み込まれる
どうやらこの扉の向うに、秋グミがなるらしい
大扉の片隅の、人一人潜れる通用口の施錠をはずし入構した
ここは、バブルが弾ける直前に廃業した
モスリン織りの工場の更地化済みの空き地
グミの木は防塵目的の薄いアスファルト舗装を押し上げ
何度かは切り払われ、その都度、株は横に倍加し、揃って一間ほどの背丈である
延びる有蓋水路を挟んで二列の藪をなしている
初霜を迎えた秋グミは白い斑点を散らし、斑入り珊瑚の『根付』にも似た果実である
一行は、小半日をかけて、至福の賜りものを収穫した

（次の年の秋祭りの日）

暗いうちに、この地に着いてしまった
しかしながら、『祭礼参加のため本日休みます
――店主』の張り紙
それよりも早く見つけたもの
どこまでも続く、祭礼の二文字の提灯のほの暗さの駅下がりの道を
小走りに横断するタヌキ数匹と少し遅れてあれはまぎれもなく狐
店と丁度反対側にある鋳物工場跡のテニス練習場を縦断する有蓋水路
その更に先、大きな杜を持つ式内社――北の方向に駆けていくではないか
そして、そこにもあったグミの木の藪の手前で
全匹が一瞬直立、挙手の姿勢で静止し、まっこと、

ひかる目をやめて
あの人やこの人の顔して、ふりかえったではない
か

（街が記憶していること）

見よ、そこには膨張する市街地に呑み込まれる前
高度成長期突入直前
自然の起伏そのままの大地がひろがっているでは
ないか
男が、聞かされ聞かされ育った大パノラマ
水路は、社の杜の脇の大きな溜池から発する尾根
筋をはしる井関川である
駅も又、社と一続きの段丘に立地し、駅下がりの
この道は途中、当該水路と交わる
甘藍畑の里道を地場の鋳物と織物の工場に夫々自
転車で向かう
馴れ初め頃の父母が行くではないか
目を西に転じれば、海が暗く銀色に光っている
いつか東雲時は過ぎ、グミの実色に旭光が走り
ひとり恍惚のうちに取り残されていた

むじな

（発端――朝見た夢）

ちっちゃなちっちゃな女の子が、
蜂みたいに頭の上を飛び回って、
行け！　行け！　と号令をかけるんだ。

（所属不明）

今は、その脇に新道が通っているが、東京オリンピックのころまで、そこに茶店があったという意味の案内板のある県境の、峠の脇の廃道を、二百メートルほど無理やり押し入ると、幅は一車線しかないが、分厚いコンクリート舗装道に替わる。更に先、一見どん詰まりにみえ、Uターンを誘う空間がひろがる。そんなことを何回か繰り返して、そのどん詰まり、真冬にはたまに雪が積もるほどの高さの、某山の頂上付近、周囲は二重の有刺鉄線にガードされていて、そのどこにも名称とか、所属の表示がない一帯に行き着く。
この一帯が通信施設であろう証拠に、つごう四基のパラボラアンテナが、麓からは見えない特定の山間の二方向に向けられている。高圧受電しているらしく、蜂に似た同調音が聞こえる。
窓の全くない分厚い感じのコンクリートの建造物は、古いものだが維持管理はよさそうだ。有刺鉄線の内側は、一切の緑がなく、工作物の他は全てコンクリートの土間である。
有刺鉄線の外側はグルリ、軽トラなら余裕で走れるコンクリートの水タタキが『道ではないですよ』と誇張した外流れの勾配をもって囲んでいる。

（道――先導する鳥と塞の鳥）

裏に回ったその先、杉・檜と椿など混合の暗い森に未舗装の狭い道がしばらく続く。その先、またもや、Uターンを誘う、少しばかりの空間が広がる。さらに、その先の道を無理やり押し入ると、又、立派な舗装道になっている。このことは、何度目かの挑戦の後、セキレイが教えてくれた。
セキレイの言うことには、尾根伝いに、どこかの
集落に繋がっているらしい。しかしながら、栃の
木のある沢から先に行こうとしても、ヒワという
小鳥が数羽、険しい目でたむろしてどかない。
「未必の故意」でもって排除すると、伝令が走っ
た。
ひそひそひそさわさわさわひそひそひそさわさわ
さわ

（鹿柴考）

赤い不思議な光に満ちた杉林
椎茸栽培の寒冷紗の柵が続いている
杣人の声かとエンジンを切れば、ただの耳鳴りで
ある

昔、少年は、お点が貰えるということで、唐の詩
を暗誦した
復、余談だがと、先生は前置きして
干椎茸は（鮑と並んで）、朝貢貿易に供されたと
今、いかなる理由か、この柵の内は空っぽで
原木は朽ちて土塊となっている
但、腐ることを知らない紗に守られて、青苔だけ
は見事だ

（さて）

少年の夢は激烈に破れる。

（置き去りの家）

ともかくも、山また山の尾根筋の五戸ほどの集落に行き着いた。

「消防水利」と看板を取り付けたタイヤを背負う年代もののジープがあり、戦後復興期に見かけたバイク改造型のオート三輪が、小屋掛けの内に動態保存されている。ほどなく、その一軒から、電気モーターのかすかな音がして、そのあと、筧を流れる水の音に換わった。

（少年）

「若いの、どこにいくかね」と振り返ると老人の声色をまねた小学高学年らしき男児。

道を訪ねると、この先、三つに分かれて、二つはワレの車のナンバープレートのクニ、もう一つは、『イワクイイガタイ』のだとイフ。

「旅のお人」のほうこそ、何しにここにきたかと切り返されて、『曰く言い難い』と返事をしたら、合格であったらしい。

では、と、少年は切り出した。

（理由）

「かれこれ一世紀ほど昔、某国の施設部隊が進駐して、山頂の基地を建設した。去る時に、この集落の長老にかなりの額のものを置いて言った。あの施設に極力人を寄せ付けないようにしてほしい。その方法は任すが、ただ、人を傷つけたりしてはいけない、そうすると、のっぴきならぬことになってしまう。それから、維持管理の者、これはオクニの人で、時々やってくるが、見てみぬふりをしてほしい。」と、「だからこの集落を捨ててしまうこともならず、子々孫々ここに住むようになった。と、イフ訳。」

「つまらぬホラをホクでない」と大祖母らしき人がやってきた。

「オオジイが教えてくれた話だモン。」と、続けて、

「じゃあ、ウインチ付きジープがなんでウエポンなのだ、あの揚水ポンプは、第一、電線も無いのに、電気はどこからきているのだ。」と少年はタタミかける。


（結界）


「何も聞かなかったね。」という目をして、老女は右の方向を示す。

「二叉に分かれているが、そのどちらでも麓までいける。」

「では。」と別れをつげて、教えてくれた道をくだる。

唐突に、廃車があって『この先 - 閉鎖 - 迂回路なし』の表示。

クソッタレ！　と、分岐まで戻って、もう片方の道をくだる。

またもや、全く同じ廃車があって『この先 - 閉鎖 - 迂回路なし』

どうやら、廃車は、はしることができ、だれかが先回りして置いたものらしい。

さては、とUターンして男児のいた集落に戻ろうとしたが、どこまで行っても見当たらない。

どうやら、『曰く言い難い道』に私たちは在るらしい。

（連立方程式の解）

相棒によれば、『曰く言い難い道』とは、新道と旧道、あるいは、旧道と旧旧道、あるいはさらにもっと古い道が、その直上、又は直下に全く並行してはしっている状態を指すとのこと。そして、新旧の道が出会うことは、その端部を除いてありえない。とにかく、閉じ込めたいのか、どこかへ誘導したいのでしょうから、このことを念頭において連立方程式を解きましょう。と、
当事者でないかのごとくの解説。
わからなくなった時は一眠りするに限る。

（鹿野苑）

僕の体がまだ金縛りのとき
相棒は野にいて禽獣と共にある
若鹿は膝を折り、遠巻きの野猿が地に尻をつけている
ゴジュウカラが逆向きに樹幹を降りてくれば
かの国ではフタバガキの樹冠に沙羅の花が咲き
わが邦では今、朴が、花開かんと「偈」を待っている
男の人が緊張を解くとき
世界はその構造を、あからさまにするとイフソウデショウ　と

（脱出）

気をとりなおして、まあたらしいタイヤ痕にそってはしると杉木立の道に到った。
すでに、返景深林に入って復、青苔の上を照らし

ていた。

これでは「鹿柴」のカーボンコピーではないか、またもやヒワの意地悪。これは無視してセキレイの案内に従う。

ベトンに覆われた山頂の基地についた。

近付くとトランス音が煩い。

ここからは、何度もトライした道だからと相棒にハンドルを任せ
助手席でうたたねした。


（パレード——帝國の旗）


突然、眼底検査のフラッシュバック。

某スカイラインをゆっくりとはしる往年の名車。

むろん、車の名前など知らないが、運転している者は、助手席や後部座席の者も含め、全て「成り切り」である。

黒塗りの車に山高帽、レディは揃ってロングドレスのようだ。

そしてどの車も、『旭日旗』をなびかせている。

いったい何十台やり過ごしたであろうか、すでに日は暮れており、やっと三桁国道までくだると仮設小屋のラーメン店。

パレードの話をすると、

「臣籍降嫁なされた姫君の婿どのの趣味すじではないか。」

「でも、晴れがましいことなんだから、こんな山奥でやらんでも。」

「じゃ、狐だ、狐だってお祝いしたいんだろうよ。」

店を出ると、圧倒的な闇に、羽交い絞めにされた。

その話を二桁国道との合流点の、おなじようなラーメン店でしようとしたが、やめにして、夜をついて奔った。

（むじな）

ラフカディオ・ハーンの『むじな』の怖さは無限連鎖にある。ただ、話としての可笑しさも、連鎖にいたる原因も「人は知ってしまったことを、だれかにむしょうに話したいものなのだ。」ということを前提としている。

実は、私の相棒、つまり細君はどうやら人ではないらしい。そういうと、相棒が狐とか狢であることとして、大体きまりなのだが、じつは、「謀略」が、そのはるか昔にあって、「相棒の不思議」とは、入れ子構造となっている。

（謀略について）

灯火管制が終って、なお、いっそう闇が深くなった。

「謀略」の所以は、その中身が、全くの嘘でもよかったし、少し真実が混じっていれば、なおいっそう確かなものであったろうと、事後的に知る。

疑問が最初に巣食ったきっかけは——

もとい、私の今日一日の体験の舞台と、この連で説明する昔話の私の郷里とは、我が邦—列島の四分の一ほど隔てている。

——栗の花が匂うころ、兄の通う——父母たちと生徒自身の勤労奉仕によるところの開設されたばかりの新制中学校の校庭に小さな穴があいた——階段らしきものが見えた、という話を端緒とする。

『仁科博士』の秘密の地下研究壕跡ではなかったのか。

幼い私に、そのことが、謀略めいた話として浮上するまで、さらに数年の歳月を必要とした。

（建設期）

戦後復興と並行して、先駆的な建設も行われていた。それが、マイクロ波による通信網の建設であることなど、子供に説明しうる大人は誰一人としていなかった。やがてテレビジョンの放送開始に繋がっていくことも含めてである。

（沈黙）

『五十メートル先の鼠を一瞬にして灰にしたらしい。』

戦時下の『理研の秘密』が、大人の口にのぼったのは、東京オリンピックも過ぎた戦後二十年も後のことだった。町に投下された、たった一発の爆弾が、原爆の投下訓練用の巨大模擬爆弾だったことは、半世紀後のＮＨＫのドキュメンタリー番組によって初めて知る。ただ朝鮮動乱のころ、町から出荷された工業製品が『高周波ミシン』という名称であったこと、同じころ、私の小学二年の夏まで、聡明な複数の同級生が在籍していたことも、である。

（『博士』の発明）

は、東宝映画の『ゴジラ』への横滑りをもって慶事とすべきであろう。その後、半世紀に及ぶ、あまたの対怪獣戦に使われ、そしていつも、圧倒的な怪獣パワーに蹂躙される保安隊――自衛隊の常用兵器＝パラボラアンテナを無限軌道車に搭載させた――しかしながら、戦後の国力を良く知る観客のてまえ、分不相応な、と失笑を買わないために、それ故に爆笑をかった、あまり役立たない、いや、憲法九条第二項護持の権化のような、防御専用兵器として『円谷』特撮監督によって具現したものだった。

(相棒の秘密)


『謀略』の『味方』は、長い『相互監視』の歴史が編み上げた
『不信』からくる大人の『沈黙』であった。

少年もまた、おしなべて、その虜であった。

それでも、最大の敵は少年の新知識への『憧れ』であった。

それが交互に、何度も訪れ、全てが背景に後退して、初めて、「大人になったね。」と言われる。

そのこと自体が最大の『謀略』であったのだ。

同じ切り口で解説すれば、どんな少女も初め少年であった。

そして、私の相棒は男兄弟の読み終えた本によってのみ育った『少年』だったのだ。


(遠い接近)

しかしながら、世紀を越えて駐留する某国の軍隊は(地位協定の外で)歴史に紛れるようにして、未だ、独自に、地上通信網を所有しているのではないのか、あるいは、公然権力の与り知らぬところで、空も地も海も、その所有が民間であるとこ

ろの通信用施設の一切をも含めて、支配下に置い
ているのではないのか。

（考えてみれば、）

事実は事実として、全体像は妄想だったかもしれ
ない。

（某詩人氏からの電話）

話がはずんで、それは「謀略史観」だ、と、氏の
話を笑うと、
「君は笑うが、冷戦構造だってやらせだったんだ
よ。」と言う。
電話の声が少し遠くなった。

機械的な、よくある現象かもしれないし、
天気病みによくある脳の働き具合の不調かもしれ
なかった。
（ちっちゃな女の子が、蜂みたいに頭の上を飛び
回っている）
違う、頭の上はジェットヘリの編隊飛行なのだ

（この事態が三日ばかり続いている。）

相棒の解説によれば、某部隊の移動が始まったら
しい。

仕込みっ子[*1]

一、僕の育ったまちについて

遠く冠雪の富士、大河南北に流れ、東西に延びる街道には松並木が残る——敗戦直後の宿場町。

街道は、どこまでも一本道で、ここら、渡河地点を求めて変則的にやや南北に傾く。

その昔、氾濫平原を囲んで入植し、幾度となく前進させては耕地と為してきた証の、何重もの土堤が、その謂れを示す地名と共に残る。

任意の家と家の二尺の隙間をくぐれば、夥しい水量を誇る幾筋かの用水路。町も中心部——国鉄駅の近くに至れば、さすがの一本道も、かわらぬ人の暮らしの幾筋かと並行してはしり、あるいは直角に交わる。

恥ずかしい渾名持つ小路も、気位高そうな家々の並びも、警察署、消防署、電報電話局、そして市制なった日からは、役場は市役所と呼ばれた。開拓と水利に謂れを持つ神社、各々の宗派の寺、小は無住の大師堂[*2]、庚申堂、宗教色なき町内の集会所など、夫々名の故に、居住まいを正し、市街地を形成していた。

ここに至り用水路は、交わる道の橋の下を潜る。その先、各々、街道本通りのどこかの地点で、わき腹に斜めポッカリと開いた暗渠に呑み込まれる。それから先のことは、想像するだに恐ろし。

恥ずかしい渾名——『××小路』の人達は、（時代の）洪水の度、あの暗闇から還流してきたのだと。しかし、想像することさえやめれば、別に、どうっということでも無く、男児の世界獲得過程では、およそ二里上流の、水神社に源を持つ用水路の延長、およそ三町毎に立地する、ちいさな落差を利用した、数の動力水車を見つけることの喜びに、いつか紛れていった。

「こんな市中に水車が！」と。ある用水路、市中にいたれば、『××小路』の一本上、幸福な名前を持つ、やや広い小路の、石の欄干が自慢の橋の下を流れる。

後で詳しく述べるが、この橋のたもとには、集会所の機能を持つ大師堂がある。

流れは、橋を潜ってすぐ、高さ三尺ほどの堰によってせき止められ、それは、上水道が敷設され、電気洗濯機が普及するまで、年少者の格好のスイミングプールとなった。

そこから水を引いて水車が回る。さすがに、安全に配慮してか、三方だけは黒い板塀、道からは見越しの水車。

この水車、「お富さん」と呼ばれたのは、ほんの一時、終世かわらぬ名は、「おこうぼうさんとこの水車」。

おこうぼうさんとは弘法大師のことだけど、実際おられるのは地蔵菩薩のようである。堂の前の庭は、当時のはやり言葉では解放広場。昼間、常設の出し店がいくつか。ツルベの井戸もある。

堂の内外、清掃は、その者と子供会、隣組、大師講面々の共同。堂の床、これは安物の杉板張りだが、いつもピカピカ。

くどいようだが、これは、子らが、まだ学年で輪切りされることのなかった、昭和三十年代初頭までの話。

学校での、開明的生活の裏で、よくも悪くも戦前の子供文化が、（大人抜きで）子供から子供へとダイレクトに伝達されていた時代のことである。

ただ、筆者の実体験からいって、それは、われわれ下層社会に限定された話であると思っている。

ここに集まる子らは、いわゆる先生と呼ばれる医師、教師、神職・住職――を親に持つ子は一名もおらなかった。また、中央官庁や上場会社の出先の社員の子供も、全くおらなかった。

かような者を欠いた子供社会は、極めて局所的特色をもっていたとも、あるいは、江戸末期から明治・大正・昭和と続く、伝統的子供世界が息づいていたとも言える。

これら、伝統の世界の子らの上限は、厳密に小学六年まででであった。

このことは、だれに言われるのでもない、中学に入ると、脱皮のあとのサナギの如く、全く意識の外に追いやられるのであった。

もし、そうでないものがいるとしたら、変質的性癖者として忌避の対象になったであろう。勿論、留まることをゆるされた少数の者がいたが、そのことに触れることは、また別の断腸の物語となる故に遠慮する。

この話にでてくる『××小路』は「色町」である。色町であればこその厳格さで女児は養育されている。だから、前述の理由で、この堂こそ、彼女らの学校以外に許された、虹の橋だったのである。

また、どの街でも、色町のとなりは寺町であることが多い。

だけど、この話には、（たけくらべの）「みどり」や「長吉」はいても、前述の理由で、「真如」は登場しない。

そのかわり、この堂の特色はもう一つあった。それは、この堂あたりを境に、南北で小学校区を異とするということである。そして、ときおり、ここらの事情に疎いものが混じる。しいて言えば、そのものなら、「真如」役は、だれでもよかった。付け加えれば、これら二つの小学校区と、もう二つの小さな校区を併せ、都合四つで、一つの中学校区を形成していた。さしずめ、ガキどもの近未来の互いの距離を測る、出会いの辻（堂）でもあった。

男達が再び、この堂を訪れるのは、成人になって家庭を持ち、戸主として隣組の常会、子ができれば、子らの世話役としてであった。しかしながら、かような大人から一日に何度も聞く、水車にだけは近寄ってはいけないということは、前述の子らの好奇心をあおり、夏の夜の「怪談？」のネタとなる。

二、大師堂の夜

1、怪談・紅林警部[*3]の事件簿

さあ、今夜は赤い月だよ。

おなじみ、紅林警部の事件簿だよ！

水車の羽根にひっかかって何回も回って、そりゃグチャグチャになった様はだれもみたくない！

番屋の亭主、あわてて竜舌の切り替えの梃子棒、おもいきり押せばポッキン。そんでいつまでも水車は止まらんと、別の者等、堰の角落し外して水

位下げ、ようやく止まる。

一同、もうこんなのイヤだぁと、同じ思いの民主警察[＊4]、現状での検分を終え、次の段階に移るに、仏さんに近親者はないかと、さすがの猛者連も顔見合わせ、遠慮申し上げているさなか、かけつけた女どもによって、厭うことの是非なく、桟橋の上におろされる。

そのときの女どもの、寝起きのままの赤い着物《きもん》に化粧首《しらっくび》。お天道様の下では痛々しい『××小路』のお女郎さん。男どもみな、思い当たる節があるのか、ただうなだれるのみ。

ここからだよ！　警部の推理が冴えるのは！

2、男児たち

ここまで聞いていて耐え難く、コソコソ逃げようとする「××屋」の小六の女児。「○○屋」の倅にえり首、摑まれて、かんにんしてぇ、と、ちいさな声。

そりゃききたくないワナア、ワレの末路の話ダモンナとおいうち。

そりゃおまえ、いいすぎジャン、はなしてやりぃ！　と脇からの声、
ワレ見たことのない奴っちゃな、女郎の子のかた持つところみると、ワレのおふくろも。

言うな、作り話のうまい奴！　と。

後はバカだのデベソだの罵りの応酬の果ての取っ組み合い。

3、女児変身

男児達の騒ぎを他所に、女児、正座すれば、だんだんとおちつく。

何を思ったのか、大師さまに向かって両膝立ちし、

おもむろに浴衣の帯直し、髪二つにわけて両手同時にぐっと引けば、ポニーテールの止輪おのずとひきあがる。
更に、後向きのまま何事かは肩の動き。ほどなく、静止しすくっと立って、踵を返せば、引き詰めの顔面は蒼白。目じりいよいよ吊り上がり、あれはまぎれもなく狐。あゝ、あの肩の動きは、ルージュ引くそれだったのかと、男児ども、己の幼さに較べるべくもなく、その立ち姿の迫力に、アッとドギモ抜かれる。

ハイハイハイ、「〇〇屋のバカ坊ちゃま」ほんとのことを言ってあげましょう。アンタ、私のこと好きなんだ。けんど、アンタの器量じゃ大人になっても、私のこと、いっそ自由にできそうもないと、せめて子供の今だけでもと、私を苛めて喜んでいるんだ。

そんからね、わたしんちは、芸子の置屋。あっちとは鑑札がちがんだ。そんから、ついでに、言っとくけど、私、貰いっ子はまちがいないけど、大きくなっても、店には出ない約束なんだ。だから私の芸事は、単なる習い事。
そんから、そんから、庇ってくれた、名前しらぬおひとに、女子は、子供でも本気にするものよ。ありがと、（来年を）たのしみにしています。と、

女児、大師さまに一礼の後、あゝくるし、と髪にも帯にも親指ぐっといれて緩ませれば、あっ、おっ月さん！　怪物のごとき水車の上に、白くなりかけた満月出れば、上がり框《かまち》で下駄履く折、心根見抜かれ、さっき弾みで口にしてしまった言葉、急に気恥ずかしく、今春、「〇〇文化会館」での一座の出し物の「狐の子別れ」をまねて、コンとなく。

それから、まるで、かのものが舞台の花道を退くように、広場の砂利の上を、塗りの下駄で両足揃えて撥ねてみせれば、いっしゅんよろり。一同、和解のしるし、どっと笑う。

後、急に水の音と、水車の軋む音が聞こえだしたのです。

三、帰郷

1、町の変遷

妻と連れ立って郷里に帰る理由から冠婚が消え、昨今は葬祭ばかり。今回は兄の十三回忌と合わせ兄嫁の七回忌。

寺に行く前、かの大師堂に寄れば、堂無く、意外に狭い三十坪ほどのミニ公園。はやりの「河津桜」の若木の下には、引越し先の明示と謂れの碑。水車小屋のあたり、瀟洒なビルが建ち、水路はどこまでも有蓋、元々の水路の両側、かつての水車から下『××小路』へぬける水路脇の細路は、ここに統合され、災害時のみ利用可の幅員五メートルほどの苦しい法解釈[*5]での変則道路となる。ただ、スイミングプールとしていたと思しきあたり、太い鉄骨で補強された格子蓋が架かる。覗けば影崩す妖しき波紋。

2、仕込みっ子

今いるこのあたり、再開発前は『××小路』だったんよ。

法事の後の会席茶屋、兄嫁の従兄弟の一番下――私と同年の男の弁。

さっき、あんさんからチラッと出た、「××屋」の「仕込みっ子」の話。

家、近くだったから、口きくくらいのことはあったんよ。

俺達、数多すぎて一年だけの独立の分校で、町中みんな一緒だったけど、八百人もいりゃ、顔だけの記憶たよりに、名前知らないあんさん探しても無理——やっとわかり逡巡している間に、二年になって、二校に分かれてあんさんは北の、あの娘や俺んちは南の、と別々。

あんさんがさっき言ってた、あの水車の先を追うと、本通りの暗渠に入っちまって、それから先は闇だったと。それが、暗渠から抜け出たあたりも、又なんでもない人の暮らしがあるのだと、夢でも見ない限り、ちっとも怖いことなんかないのだと知る頃、もっとも、当時、ずっと後であんさんが親戚になることなんか、これっぽっちも予想していなかったから、あんさんのことを知るよしもなく、あの娘に聞かれても、ようこたえられなかったという訳。

あゝ、それから、あの娘、学年は同じなんだけど、ほんとうの歳は、二つばかり上だったみたいよ。そのころ、ほれ、『あの法律』[*6]ができて、あの娘のお義母さん、同じように見られていたかもしれんと、そりゃあ不憫がって、あっさり店たたんじまって、あの娘だけつれて、知らん土地へ行っちまったんよ。

それが、バブルが弾けたころ、お義母さんと舞い戻って、昔の、と思しきあたりで——なにね、この筋向かいで小料理屋、開いたんだが、先年、相次いで亡くなったんよ。身寄りはえらい遠方の、娘の方だけで、（お骨は）両方そっちでひきとったみたいよ。

いつだったか、あんさんの名前だしたら、はじめ、首かしげていたが、急に真顔になって、

「こんな顔でーす」

筒井筒。堂に集まる少年少女のさんざめきと瀬音と水車の軋み。

備考

＊1 仕込みっ子＝芸妓家で、将来芸妓にするために諸芸を教えられている少女。（広辞苑）。

＊2 大師堂＝この作品中のお堂は、街中に何ヘクタールも所有する大地主の個人の持ちもので、土地を借りている者たちの利便に、集会所の形で提供されている。実際安置されていたものは、地蔵菩薩だった。

＊3 紅林警部＝戦後、民主警察への転換の混乱期に某県警に実在した辣腕の捜査官。後に、手がけた事件の大半が冤罪と判明。「特別公務員暴行陵虐罪」で起訴されるも、裁判途中で病死。戦後冤罪史では、必ずといっていいほど参照される。ここでの水車小屋の話は、ませた子供の全くの作り話。

＊4 民主警察＝民政下の警察。民主主義下に相応しい警察。戦後、一時、子供の口にさえ上った。現在又、国際支援活動関係の用語として復活。

＊5 苦しい法解釈＝消防法では（建築基準法でいう建築物は）幅員四メートル以上の道に二メートル以上接していなければならない。ここでは、有蓋水路を含めて幅員が確保されている。

＊6 あの法律＝売春防止法、一九五六年成立、五八年完全施行。

詩集『異婚』（二〇一一年）抄

峠

Uターン場を兼ねたバス停を過ぎて、
連続するヘアピンカーブ。
それ右、それ左、女はまことに口煩い。
いよいよ道幅狭く山桜のトンネルに入る。

もうだめ、花吹雪に視界を遮られ、その度、
悲鳴にも似た感嘆詞が二人の口をつく。
辿り着いた峠は拡幅工事中の切通し、
来歴の秘密の一部を西日に晒される地球。

昔、ここが海であったと、足下に散在する
二枚貝の化石。
今、見上げれば、地層は逆巻き、激しく隆起する
男の心中。
昔、幼くして逝った二人の兄の歳を、
指折り数える母の傍ら、
今、思えば、わずかな空白をも許さぬ
生きてある子の仕打ち。

母の子に還ってしまった男の泣き止むのを、
女は黙って待っている。
前方、指先ほどの黄金色に煌めく外洋、
反せば花咲く里の土降るような夕暮色。

孝子越え

ヒッチハイクを求める老人がいた
あいにく方向が反対だったから

同行はあたわなかった

不義理した地点は国道二十六号線上の
大阪／和歌山府県境「孝子《きょうし》」という峠
原義はずばり「険《けわ》し」であろう

急な坂を、エンジンブレーキを効かせながら
和歌山側を一気に下れば「狐島」という名を持つ
交差点
フットブレーキを踏ん張れば、右腰につっぱり感

老人の
うらみがましい目が焼きついてしまっていて
所用を済ませた帰り　もしやと立ち寄ったが
さすがに　もうそれはない

週明け

自営とはいえ
仕事にでかけなければならないのに腰痛
まあ、這ってでも行くは月給取り時代の名残り

あんた「おこうぼうさん」に
酷い仕打ちしたでしょう
旅先で出会った御老人は全て
大師様ときまっておるのです
まして孝子を「けわし」と訓じたでしょう

あんたのことは全てお見通し
バチがあたったんだ　とは相棒の言

春は時間さえ綻んで（千早越え）

阪奈境の千早の峠道を往きますと、

不思議なことによく出会います。
首から下、羽毛のない鶏とか、切なくも疎ましい
異国の猿など。
可愛い方はハグレウリ坊、
雉は十羽ばかりの子をつれて。

あれは五月節句の真昼、
ヤマツツジの花陰から一匹、二匹、
いや、一羽、二羽、
『○○の尾のながながし』ヤマドリです。
あの脚の太さ、胴と尾は、ゆったりと水平で、
凝視すれば遠近感が無くなり
一頭、二頭、巨大な恐竜にかわります。

さて、ここまでは前置きです。
私たち――細君と私はこのあとすぐ、
何かに出会ったのです。

場所を特定すれば、
峠の頂のトンネルを奈良側へ抜けて、
ダラダラと下り、
あと二、三キロほどで里という地点。

昔は牛でも飼っていたのでしょう、
朽ちかけた小屋があり、
飼料に種子が混じっていたのでしょうか、
大麻に酷似した背の高い草の群落があり、
それに沿って車を転がしていた時、
なにかに出会ったのです。

記憶では黒い影のようなもの、
その時、たしかに私、「○○じゃん*」
と、いったはず。
「なにみたっけ」
「そういえば、なにかみましたね」

二人して瞬時に忘れてしまうなんて、
きっと、
見てはいけないものを見てしまったのでしょう、
たとえば、ここが海だったたと、
時間のイケスに飼われているデボン紀の甲冑魚。
場所が場所だから、楠正成千早城攻防戦での
武者姿。
アハハ、それはない。
では、なにを見て
記憶を中途半端に消されてしまったのでしょう。
往く春、時間管理局《タイムパトロール》の仕事さえ
僅かに綻びをみせて。

＊ じゃん＝静岡から神奈川にかけての方言、「＝である」。筆者は静岡生れ。

化石の崖の直上の町

某市の自然史博物館「友の会」主催の化石採集に妻と二人の娘ともども参加したのは、かれこれ四半世紀前の春の彼岸前のことだった。

運がよければ三葉虫だとかコダイアマモとか掘り当てることができると集合場所の私鉄小駅前の広場は団塊世代の会員とその家族でいっぱい。

薄日が厚い雲に途切れがちな寒い日だった。

一応の注意事項など聞いて約十人で班をつくり全部で十班。古手の会員からなる指導員が配置され出発。

なにか上流には治水ダムが計画されているからとか、川沿いの整備された道を二時間、化石の露頭の崖下につく。

昼食前に一時間ほどアタック。小さな巻貝の化石の痕跡の如きをみつける。

昼食の最中、雪が降り出し吹雪になってしまった。

予報ではこんなふうにはいっていなかったといってもはじまらない。

とにかく屋根のあるところに避難したいと。

この土地の出身だという方の発言――この崖の直上に団地がありスーパーがあると。

崖を迂回して山の腹を斜に登ろうとして、ミソサザイらしき小禽の激しい抵抗に会うがそれを突破。

雪景色の中にエッとおもうほどの大きな町。

我ら一行は山歩きの装備、住民に出会うたび、なにか気まずい雰囲気。

一時間ほどで雪は止み、光がさしこんできたが風が真冬の冷たさ、収穫なしで帰ることとなった。


（手紙）

お父さん・お母さん、私が中学生のときに一緒した化石採集現場に、この春休みに有志の生徒を連れて行ったのですよ。全くあの日の再現で大雪。あの時だれかの発案で、たしかに直上の大きな団地に避難しましたね。

こんどは私の裁量で避難しようとしたけれど、あんな町どこにもなかったですよ。

最近の説ではコダイアマモは、なにかの生痕だとか。私達、趣味の分野を自嘲と揶揄半分で草冠だの虫偏、獣偏、金偏、鳥偏、土偏だとかいっていますが、あの日、なにか誤解していたのかもしれませんね。

あの誘導してくれた方、お顔がモズみたいだったし……。では、またいつか、どこか、ご一緒しましょう。

かしこ

（続）緑の金字塔《ピラミッド》

その扉に刻まれた奇怪な文字は後日、博士によって「暴く者と共に閉じる」と解読された。一九五〇年「少年クラブ」に連載された「緑の金字塔《ピラミッド》・南洋一郎作」の朧な記憶の一節。

グーグル社提供のインターネットの航空写真を見ていて、二つの県が複雑に交錯する山中の、地肌をむき出しにされた一帯のほぼ中央に、「それ」は写っていました。

見ようによっては四角錐にも見える「緑のしみ」といった程度のものです。私の少年は、どうしてもその正体を知りたくなったのです。私の細君はそれに輪をかけた少年で、たまたまの十三夜のドライブとしゃれました。

前途百九十七キロメートル。途中、少しばかり仮眠をとっても朝には現地につけると。

余談ですが、国道についている番号の桁数が三桁のものを、古くからのドライバーは、親しみに揶揄を交え、まとめて「三桁国道」と呼んでいます。本州でのどんじり、四百番台のそれを更に脇にそれて、林道に入りました。

今夜は天空を月がついてまわってくれています。鹿、狐、狸、兎、テンなどは皆、月光に浮かれ出た僕の友達です。都度、車を止めて挨拶しなければなりません。ただ現地に近付くにつれて、憎悪のこもった赤い視線が感じられました。

その、ただならぬ気配にたじろぎ、Uターンしました。

三桁国道の憶えの地点、亭主が「むじな」とわかっている——夜だけ営業している蕎麦屋の近くまで引き返し、とにかく朝を待とうと。

この際、正体が解かっているだけましです。しかしながら、案の定、月に悪さを仕掛けられました。宵のうちは十日夜《とうかんや》と見間違える程度だったのに、うとうとしたら十五夜と言わんばかりに膨満しています。

そんなやこんな、それでもぐっすり寝込んでしまいました。

朝陽に驚き、再度、林道に挑戦しようとしましたが、入口は有刺鉄線を絡めたバリケードで固められ、「立入禁止」の立て札。その奥、林道の空間には、険しい空気が漂っておりました。これでこの話はオシマイです。

もし、この話の後日談を、ご所望なら、私の店——大阪府堺市のＪＲ阪和線鳳駅下車、徒歩三分の、駅下がり「でんでん坂」の喫茶「氾濫」においでください。いえ、けして怖いことはアリマセン。でも、午前四時半、一人で開店準備をしておりますと、なにか、人でないものの視線を、ドア越しにはっきりと感じます。

ひょっとして、その時間、私とそのものは入れ替わっているかもしれません。

官舎の庭のヤマモモの木

（事件）

閑静な住宅街、白昼は人通りがパタッと途絶える。

春節分。と、ある一軒。
二十歳の娘は、つけてきた男に、家に押し入られてしまった。
男は、庇う母親を出刃包丁で刺し殺し、娘の顔を切りつけ、逃走。
入院先での娘の言――犯人は全くの初見、年齢三十は越えず、背高く痩せ型、
紫紺色の口唇薄く耳元まで裂け、髪総逆立ちし、目血走る。

事件から半年の後、犯人逃走経路と反対側のわが家にも、
似顔絵をもった捜査員が聞き込みにきて、温顔のそれも併せ示し、
逃走経路は、住専地区を最寄のJR駅方向に百メートルほどゆき、
左旧都住の解体現場、右高台は警察官舎、そこらあたりで足取りが途絶え、
返り血を浴びた衣服が、どうしたとか。
捜査員はなぜか、
素人でも思いつく、事件翌朝からの近隣一帯の家庭排出ゴミのチェックもせず、
結局は初動捜査の遅れを挽回できず、犯人に至らず四年。
不思議なことに、解決済み事件のごとく、犯人似顔絵が、
昨今、当該警察署の管轄交番のいずれにも、全く張り出されていないのです。

（町雀）

いいえ、私は見たわけでも、食べたわけでもありません。

官舎の庭にヤマモモの木が植えられ、大きな実を
つけたというのです。
なんでも、数は少ないのですが、ピンポン玉くら
いの大きさがあったとか。
これも私がいうのではありません、
あんな大きな実をつけたということは、きっと訳
があるに違いないと。
むろん、梶井基次郎の「桜の木の下には」も知っ
ておりますし、
府中市の三億円事件の犯人に擬せられた少年が
云々も知っております。
この巷話が揶揄する、どうかと思われる、捜査経
過も十分知っております。
口さがない奥様方に私は常々、そして重々申し上
げているのでございます。
めったなことは口にするものではありません、
移植をした最初の年は、稀にそうなることもある
のですから。
でもね、こんなこと言われたくなかったら、
警察様、事件をはやく解決してくださいな、と町
雀の一羽の私です。

汝の罪

（発端）

おっちゃん、蟻いじめてなにすンねん
相棒が老紳士に「ヨシモトベン」で一喝
彼はそれまでしゃがんでいたが
狐の垂直跳びよろしく、ぴょんと跳ね上がって
あぁ　とか　うぅ　と唸って、
一目散に逃げ出した

訊けば、蟻の巣の入口に火のついた煙草を
押し込んでいたのだという
某年・某月・某市・某バス停
鉄道が延伸されるとかで
売れ行き好調の民間開発団地の一角
老紳士は、名の知れた大学の教授だという

（陥没）

この地ではめずらしい時間十三ミリの雨が三日三
晩続いた翌朝
三歳の女児が、おひさまおひさま　って駆け出し
た先、家屋一棟が傾き
市道の一角に径、深さとも三メートルばかりのロ
ート状の陥没孔が発生
何年か前の強震によって地下空洞の上の岩盤に亀
裂が入り
今度の大雨で土砂を吸い込んだのであろうと新聞

（溺死体？）

その孔は日増しに大きくなり三日ほどで家屋六軒
が傾き
孔の深さもさほどではないが、底は平らになり三
センチほどの透明な浮き水
そこに男性の死体らしきがうつぶせ状態で見つか
った
まあ、　命はとりとめ、報道らしい報道もなく終
った
酔っ払って穴におち、そのまま寝入ってしまった
のだろうと

（矛先）

あんたにドヤされてショックだったと違うかと、私
相棒曰く、
そうかもね、何か行き詰まっていたとちがう
この地下、戦時中は亜炭、掘りまくっていたというし
強制労働？　そんなのヨタ話よ、みんな地の人たちの盗掘
でもね、ヨタに真実が含まれているとしたら蟻の正体だって……
見つかるの遅かったら、きっと今頃、蟻に曳かれて閻魔の前よ
食する目的か、人に害なすもの以外は殺めてはいけないの
なにより、
あんたの腹まわりもなんとかしないと、
多く喰うは、なにもましての大罪よ、と

馬力屋の庭の柘榴の実

（秘密）

ヒロシちゃんもみーたい？
ヨッちゃんがみーたいゆうたけど　あんひと　えばるからみせてやらんかったと　それでむりやりみようとすっから　あたし　いしであたまぶったら　ちぃいっぱいでて　ばりきやのにわのざくろみたいになってしもうた　ちぃなめたら　すっぱいかなって　うんだいじょうぶ　あたまかかえて

にげよった　わたしわるーない　だっておかあさん　いちばんすきなひとのほか　みせていけないって　ヨッちゃんのおかあさん　うちにどなりこんできよった　だけどおかあさん　ヨッちゃんのおかあさんのむねゆすって　うちのこを□□□□だとおもってばかにしよって　と

（汗夢）

せんそうンとき　たいほうくりぬいていたとかいう　ベトンのふちの水車ンとこで　ヨシエに見せろってゆったら少しおっかない顔してた　ひるまうンゆえばよかった　そンからヨシエじぶんでぬいで　目つぶってあおむけになって　だまりこくっているから　おっかなくなってにげようとしたら　とつぜん目ひらいて　ものすごい顔してこっちの頭かかえこんでむりやり見せようとすンから　ぎゅっと目つぶっていたら　ヨシエ泣きだすよって　ゆめさめてしまった

（赤い服）

ワタシ　いろしろいから　からかわれるとまっかになるでしょ　だからふびんゆうて　おかあさんいつもたかいふくこうてくれた　だけどヒロシちゃん　きょううれしいことゆうてくれたから　きゅうにあかいふく　きとうなって　おとうさんのいえにいって　おばさんにゆうたらクローゼットからだして　おかあさんにないしょゆうて　でゆうがたまで　おばさんとこであそんでいたんだけど　もろうたタイワンバナナかかえて　ばりきやのところまでかえりよったら　おかあさん　な

んども　よかったよかったって　わたしをだきし
めて　わんわんなくんよ

（赤い服を着た女の子が帰ってこない）

て　ひっぱられて　きがついたら　かわらにいた
の　わたし　いし　みぎてにもって　おもいきり
ふりおろしたのに　うでとられてしもうて　それ
でわたしが　ばりきやのにわのざくろのみになっ
てしもうた　うそよ　ゆめのはなし
ヒロシちゃんもみーたい？　ほんとに　すいてゆ
うてるかどうか　わたしわかる
わたし　おかあさんのこだから　わかる

（うるわしきトラウマ）

ビキニ水爆実験の年に発生し、後に冤罪で知られる幼女殺人事件――いわゆる「島田事件」は、被・加害双方の家族を長く苦しめることとなります。
昨今話題のノーベル賞作家による小説「臈たしアナベル・リイ総毛立ちつ身まかりつ」の成長する女主人公と違って、面影に立つ「ヨシエ」は、私の人格になってからちっとも大きくなりません。
しかし、私が邪なことを頭に浮かべますと、妻と一緒になって私の頭を抱えて鎮めてくれます。

雪の女王

ねえマスター、この子に
あの壁の絵の話してやって！

賢そうな男の子をつれたうつくしい女客です。
冬の夜の約束事として
喫茶店には湯沸しの蓋が音を立てています。

壁に懸かった絵は、アンゼルセンの童話から
『雪の女王』。
——カイという男の子とゲルダという女の子がおって、二人は幼馴染でしたが、カイは「雪の女王」に惹かれて氷の国についていってしまいます。それで、カイをとりもどそうとゲルダは旅にでます。いろんな試練にあいながらも、それを乗り越えて、カイを見つけます——。

後はわたしがと
お客さまが話を引き継ぎます。
——ゲルダの流す熱い涙で、カイの凍った心は溶けます。女王は引き止めることもせず、二人はもとの町に帰ります。ここまでくるのに永い歳月が流れておって、ゲルダは不思議なことに女王の面影を宿すうつくしい女性になっておりました。そして、神様の祝福をうけて二人は結婚しました
——と、さ。

話し終えると
男の子の手を握り女客は帰られました。
わたしはガラスのドアのくもりを小さく拭い、二人を追います。
さすれば
カイが初めて雪の女王に魅了された振出に
話が戻るのでした。

あかり

国道□□□号線は、奈良県□□を通って三重県□□市で海をみる。なにしろ、峻険な山間を通過するものだから、しょっちゅう崖崩れ。

先年、春まだ浅い頃、山野を被う緑に欠けたまま豪雨を受け寸断。

幸い迂回路の設定がかなったが、とんでもない遠回り。

昼間とおるならまだしも、夜間、全く未知のそれは不安です。

迂回路沿い——人家がないと思ったのは誤りで、どこにこんな大集落があったのか、カーナビならどんな表示の図を拝めるのであろうか。

実は、夜間の自動車走行で恐いのは人家からの漏れ灯です。
雨戸の隙間の幅の何倍もの目となるのです。その目がリレーされ
「もしもし和泉ナンバー○○家前通過中」
ひそひそひそひそひそひそひ——。

そひそひそひ——伝言ゲームは玩具箱をひっくり返してカナ釘流の看板。

『直進不可、通過車両ハ左折』と読めれば、ひょっとして、指示通りいくと捕えられて惨殺。無視して直進すれば無視したと捕えられて惨殺。

前世紀末、オウムの残党が逃げ込んだのがこの地かもしれない。

集落全体が邪宗の信徒となっていても不思議ではない。

それならまだ人の世の有り得る形態の範疇。

もしかして魑魅魍魎狐狸の類が占拠して人の顔して外を覗っているのではないのか。

いや、今こうして走っている道の存在も絵空事。

どの家もどの家も、目はますます巨大化して一軒一軒の大きさを越えてしまった。

ついには目と目が幾重にも重なり合って今は、世界そのものが一つの目だ。


嫁いでもう居ないはずの娘たちが後の席で幼子となって眠っている。

妻は薄目で外を見て、ほらおとうさん、温室に灯りが、と。

自分の顔がそのあかりに照らされて、蛇になり般若になり、ときに広隆寺の弥勒みたいな男の子にと変化明滅していることも知らずに。

そうです、
これは私の見たままの記述です。

でもとうの妻には絶対内緒です。

面擬《なぞら》え吾亦紅の口説

（小面）

あたしを家までつれてって
きっとあなたやさしいから
一度　目があったからには
もう　ほっとけないわよね

芝といっしょに刈込まれて
かわいそうなあたしだけど
水と少しのお世辞があれば
きっとすぐに大きくなって

いいお嫁さんになれるって

（泥眼）

嘘を言うお方の目は
御仏のように輝いている。
嘘をまことに変えるためのおまじないに
あなたに頂いた　たった一つの口紅で
ルージュひきます。

ねえ　わたし　きれい
いっしょに　死んでもいいと
おもわない？

（増髪）

ひとふてまひらせそろれんれんれんれんれんれん
れんれん恋しれんれんれんれんれんぱぱれんれん
れんれんれんれんれんれんれんれん恋しれんれん
れんれんれんれんれんれんれんれんれんれんれん
れんれんれんれんれんれんれんれんれんれんれん
れんれんれんれんれんれんれんれんれんれんれん
れれんれんれんれんれんれんれんれんれんれんれ
んれんれんれんれんれ子れんれんれんれんれんれ
れんれんれんれんれん吾亦紅れんれんれんれんれ
んれんれんれんれんれん子んれんれんれんれんれ
れんれんれんれんれんれんれんれんれんれんれん
れんれんれんれんれんれんれん恋しれんれんれん
れんとうちゃんれんれんれんれんれんれんれんれ
れんとうちゃんれんれんれんれんれん恋しれんれ

れんだいすきれんれんれんれんれんれん
れんれんれんれんれんれんれんれんれかしこ

（姥）

子が二人のうちは
いつでも飛び立っていけると思っていたのに
子の方は　いちはやく飛び立ってしまって
あなた　きっとわたしの衣を隠している
だからわたしいまでも十三夜の野に咲く吾亦紅
あなた　わたしに棘のあるのを忘れて
つよく手などにぎるものだから
その指の冥く滲む自分の血のいろに驚いて
あっ　のかたちで喉の奥からこみ上げたものを
月に向かって祝出《ホキ》してしまった
あれはきっと　わたしのくれないの衣
うん　これでいつまでもいっしょだよねって
あなた　姥の腕とる　尉となって

羅刹女の玄孫

生家の主、代々女
家伝に曰く
『或は婿、他見せざれば男児授かる』と
然れども男、他見し他家に子成す
女怒りて必ず男を啖らうとか
近在の人口、羅刹女の家なりと

女は前述の話の主の玄孫に当たる
一人娘だったが、親たちはまだ十分若く
他郷から口が掛かったを幸いに嫁いだ
初めての夜、寝語りに告白した内容がそれである
男は律儀で他見らしきものはせずだったが
生まれてきた子は女児のみであった
すなわち自分が羅刹女でないことの証明は
終ぞ果たしえなかったことになる

歳月はさらに流れ男は身辺自立の能力を失い
老人性痴呆の症状をも示し始めた
娘の一人は生家の跡取りとして老父母の元にある
もう一人はさっさと嫁ぎ男児を産んで一ぬけた
女は男より一回りほど若かったから
他人の手助けは必要としなかったし
若い頃のように男の帰宅の時間の心配をせずとも
よく

まあ、これほど無事な日々はなかった
「あなたは、私のおかあさまですか」
男は世話をうけながら澄んだ目で問う
「はいはい、あなたのおかあさまですよ」
そう口でいいながら、女はハッと気付いた
私はこの歳で男児を授かった
私は羅刹女では無かった　と

そして、男をいとおしく吾が腹に収めたと

死者の家

（白熱灯）

いっしょにかえりましょ

傘がかかり　駅を後にした
よっていくよね
と　土橋を渡り　低い軒をくぐった
大井町の　おとんぼ　つれてきたワ
私の存在を告げる闇の先の仏間に
その人の祖父母がいるはずだった

灯りがついた

（川の音）

濡れてしまったね
立ったままの私の上着を脱がせ
あの人のだったけど　とツイード地のブレザーを
かける
そのままにしてて　と後にまわった

かすかな指の感触のあと尾骨あたりで
なにかがおりかえされた
腕、水平にのばして
と背中心あたりで又なにかがあたった
雨、なかなかやまないね
背丈、よし
ゆき、よし
ちっちゃなメモ帳に眉墨の九九がはしった
わたし早縫いができるのよ
身八口はもういいよね

（化粧）

とうに雨は止んでいた
瀬音がかぎりなくやさしく繕うていた

できたわ
促して白絣を着せる
新しい下駄をおろして
鼻緒を指でしごき　履かせる
まって　送っていくわ
と　鏡台の前でその指が紅をひく
みるみるその人は若くなっていく
鏡の端に私を見つける
そっくりなのよ
甥っ子だものね

灯かりを背にした瞬間　前方の闇よりなお深く
背中あたりで闇そのものがつややかに呼吸した

（蛍）

その人は先に立って戸をあけた
生臭い風がどっと流れ込んだ
川から揚がった夥しい蛍
風が止まった
その人の輪郭だけが闇にたわわに浮かんだ

あっ
こんなに

（不思議）

恋狐

男は不思議におもっているのである
容貌は並にしても
三十男に二十歳前の娘が嬉々として嫁に来

子を生し、親業を完璧にこなし
おまけにおそろしく機智に富んでいて
だから
ほんとうは何か身心に大きな欠陥があるとか
なにかの間違いで
男に大きな恩義を感じているとか、である

某日、女は
口元の黒子に子が爪を立て出血したからと
皮膚科に行って取ってしまってから
口元がかすかに歪んで
その影が障子に映ると、何故か子が這ってきて
不思議なものを見たと言いたげに
男の膝によじ登るということがあった
子とは何故にこんなにかわいいものかと
男は思うのである
もっとも男にとって子がかわいいのは

その子だけの特有なものなのか
子という普遍
たとえば
男にとって女がいとおしいとおもうことと
同じようなものなのかは、識別しがたかった

女は早い目覚めの男より早くおき
おきぎわの顔を決して見せなかった
といって化粧をしているわけではない
まるで一世紀前の女のように
コトコトと俎で大根刻む音がして
やはり目覚めの早い子に乳を含ませた後
男に声をかけるのである
お芝居の一節のような節回しで
「ごはんですよー」と
そう、今日は、男の職場では
早朝から大切な仕事が待っていた

男の三十代はその後の職業上の運命を
ほぼきめてしまうというが
なにも告げていないのに十五分ほど早い
今日の朝食である

かように男が危機に自然と対処し得る
環境をととのえてくれる
やがて、二人目の子をうみ
子たちのために少しと言って
あまり過重にならない職につくための準備
と言って学生になりすまし
二十歳の娘のふりして少しもあやしまれず
不思議は、半世紀近く過ぎてなお
不思議のままであった

（夕映えの中にいた）

その親子は、いや母子なのであろう
千三百年の歴史をもつ某寺脇から発する
スカイラインの夕映えの中にいた
見渡す限りススキの原
穂は逆光の中で黒く、脳はそれを白と見立てる
浄土を見させるためか
西方に開けた展望用駐車スペースに
車をよせれば
つつとよってきた
逆光に輪郭だけを黄金色に染めた狐一匹
こころ奪われて人、狐みつめあうことしばらく
狐、おもむろにふりかえり、目配せすれば
小狐二匹、小走りにかけてくる
母子は横ならびに並び
きっちりと前足を揃えて座る
くれなんとする太陽が稜線からわずかにのぞき

母子の笠となる
（あれが私たち母子なの）
あらぬ世の声、助手席の女は男に出発を促す

（恋狐）

わかっていて
女が男を好きになるという事は
男のそれとは違うの
男のよごれものがうれしく洗えること
それは、女がうれしく子を育てるための
神様の仕掛けた周到な予備試験
その男を好きになれるかどうか
というところが合否の分岐なの

こんな話、知っていて

昔々唐の国では狐が人に恋して
人の妻となり子まで生したのに
正体ばれたとたんに母子ともども惨殺されたの
それが明のころになると
いくつもの狐嫁の義侠話となって
全てハッピーエンド
『聊斎志異』という本にでてくるのよ

それらの話の共通のポイントは
かたちが人ならば礼なすは人の約束
それに応えて、
男に律儀に尽くすことが
恋した狐嫁のごく普通のかたち
「信太」の話は人間の男がいけないの
子が見てしまったものを幻と言い含め
知らぬふりすればよいものを
人の世の暮らしに

なんの不都合もなければそれでいいものを
信太は、話が入れ替わる端境期に移入された説話

けれど、そんな切ない気持にさせるのも
男のたった一言のありがとう
子の喜ぶさまを二人して歓ぶ
生きてあることのコーラス
たとえそれがアルバムにも載らない遠い昔の
記憶の断片としても
女はそのことを決して忘れたりはしない
だけど、その献身に慣れて
男のそれが傲慢に変わったとしても
それはそれでいいの

なにか忘れ物をしたような夕焼け
もう子たちはすだち、なんのうれひもなく
コンと一言

そう、律儀にだれかを支えたことも
ふたりして子をそだてたことも
なにより、恋したことも、みんな、いえ、決して
忘れたわけではないの

ねえ

エッセイ

切ない母は憤怒の相で描かれる

（一、佐世保小六殺人事件について）

神戸少年Aの事件、長崎の中一少年事件、これらの時にも感じたのですが、今回の事件も、なにか奈落の底に突き落とされるような不安を覚えます。私（達）は納得したいのです。合理的説明が自分の中で形成できないことが不安の原因なのです。まっとうな人間の再生産がなされないなら、戦後の経済的発展もなんの意味もなかったことになります。

今回の事件は小六同士でした。なにが小六の女児をして殺人にまで駆り立てる憎悪の主因だったのでしょうか。大人の分別ではすでに理解の埒外にあるのかもしれません。昨今、小学校五、六年生はどんな本を読んでいるのでしょうか。さっぱりわかりません。インターネットの功罪も云々されています。「バトル・ロワイアル」とかいう、中学生が殺しあう映画のことも喧伝されています。おいおい、追加の報道がなされるでしょう。

ただ、一つだけ、ある識者の発言に抗議しておきます。「加害者の家庭は、しっかり者のお母さんと存在の薄いお父さんという構造です」というものです。神戸少年Aの家庭もそうだったというのです。しかし、これを病理というなら、日本の家庭は殆どそうではありませんか。ジュール・ルナール（Jules Renard 1864―1910 フランス小説家、劇作家）の少年小説「にんじん」の家庭もたしか、このような設定でしたね。ここに少年犯罪の原因を求めることはいささか、無理がありましょう。

（二、いわゆる自己責任について）

「自己責任」というチンケな妖怪が徘徊している。妻も長女も教師をしているのだが、学校で生徒に向かって吐けないこの言葉を家に帰って私に向ける。しかしながら、賢さも、アホさも、その子供達には選択の余地がないことを、二人ともよく知っているだけに、絶望的なひびきさえある。

彼女らに言わせると、かしこ筋の家とアホ筋の家があって、かしこ筋はすでに公立中学では絶滅種だという。彼等はみな私立に行くからだ。

法に触れるような規則違反をやった子の親を学校に呼び出すと、ブランド物で全身武装した「戦闘服のお母さん」がやってくるのは良い方、なにかあれば子供を暴力でぶちのめすだけの父親の存在など、うかつに家庭と連絡もとれないとのことです。

児童生徒が勉強するという習慣は、父母が揃って机に向かう習慣を持っていればこその話。漢字や横文字のいっぱいつまった本だって、手垢がついた状態で本棚にあれば、しかるべき年齢になれば、子はその興味に応じて引っ張りだす。学校で先生が口にした本が、親の書棚にあれば、興味が湧くのは当然。しかしながら、アホ筋の家では、それが全く無いのだ。かような状態で育った子に、勉強をするという習慣など身に付くはずがない。中二くらいになれば、女の子は股下ゼロまでスカートをたぐり上げることと、化粧することしか興味がなくなる。男の子は学校以外はコンビニ店の前でへたれる以外他のどこにも身の置き所が無くなる。

それでも、割れ鍋に綴じ蓋で前述の同類項の女友達ができれば、高校の卒業証書くらいは確保しておこうと決意をあらたにできる。勉強はわからなくても、出席点でカバーする。卒業後、手に職をつけようと専門学校に行くことだってやぶさかではない。かように男の子は今も純情である。男の子の純情を引き出すのもまた、女の子のちからである。

だけど、ここに今、問題がある。彼等にできる仕事が無いのだ。一昔前は、建設業の孫請とかひ孫請で鳶職とか塗装工の経験を四、五年ふめば、中堅サラリーマン程度の収入になった。

かような等身大の仕事の大半がなくなってしまったのだ。かれらの純情をまっとうする社会的基盤が崩れてしまったのだ。

もっとも、学校の成績が悪くても、目端のきいた子は勢い三次産業への新規参入を試みる。そこらのくだりは、昔別の機会に書いたものを引き写してみます。

（三、街角ウォッチング）

定年後、喫茶店を開いて実感としてわかったことだが、若年層の既設企業への就業機会が極端に減少している。あったとしても、パート的細切れ仕事である。目先が少しきくものは、自分で仕事を始める。てっとりばやいのは美容院と鍼灸マッサージ店。これらは男女の違いもなく専門学校をでて数年の修業で技術取得ができ、開業資金も低金利の今は調達が楽だという。仲間を募り、数人で開業することも多い。他人に使われるのと違って自営業ともなれば、昼夜、照り降りを厭わず働く。それでも駅前商店街の十軒に一軒の割合で同業が乱立するものだからどの店も極端に苦しい。それでも私は、このような若い人達の創業をたのもしく思っている。

反面、美容院の乱立は、それまで立派に生計を立てられた寡婦（むろん寡婦ばかりではないが）の生活基盤を切り崩し、鍼灸マッサージ店の乱立は盲人の特権的職業を簒奪した。

この職業がらみの話の続きを書く。

（四、等身大の職業の確保について）

小泉さんとか、民主党のいう変革とか、クリエーティブな仕事など、いったいどれだけの労働者を必要とするだろうか、新規就職希望者―毎年百万の大半をカバーできるというのか、そのなかで馬鹿アホでもできる仕事がどれだけ含まれているのか。

本質的意味において高校の水準の教科は、国民の二〇パーセントの者にしか理解できない。大学は五パーセントである。実際の進学率は各々、九六と四五である。勢い、高卒程度とされている職業の大半を大卒が占める結果となる。くりかえしいうが、努力して一定の学力水準を身に付けるという地味な能力だって、親からの遺伝と親が用意してくれた家庭環境の結果なのだ。自己責任と言われても、スタート段階で人は徹底的に差別されているのだ。従って、その自己責任の内容、性質、程度は人によって斟酌されてしかるべきだ。なにより、その人なりの等身大の仕事が、万人にあってしかるべきだ。そして、仕事とは、一人口がシノゲルだけではだめなのだ。共働きを前提としても、家族四人として夫婦で六人くらいやしなえる収入を必要とする。それでなければ、よりよい家庭の再生産などできるはずもない。

（五、リベラルを装う「原理主義的」市場経済主義者）

しかし、ウルトラ保守層は外から丸見えだからまだ理解しやすい。この、リベラルを装う（原理主義的）市場経済主義者の考えは文字どおり一見リベラルを装っているだけに一般受けする。その浸透力は凄いのだ。

その主張の骨子を演繹し、煎じ詰めると、世の中はエンドユーザーと勝ち組企業だけあればよいということにつきる。その考えの強さの源泉は、第一が、なんびとも人格の二分の一がエンドユーザーであるというところにある。

さらに大手新聞を中心としたマスコミ・文化人、教育関係を含む公務員、老人、エコロジスト・消費者運動などNGO関係者のほとんどすべて、そして女性の大半はエンドユーザーの立場のみに立脚する。おまけに、元来の左翼人も資本主義社会を前提に物事を考える場合は（談合の否定に代表されるように）当然の帰結として、この立場をとる。そう考えたら、一企業の存立など弱いものだ。「雪印」など三日ともたなかったではないか。

すこし目線を変えてみよう。介護保険の制度もなんだかんだと言っても、発足してよかったのだ。この制度によって、何十万という新規雇用を生み出した。

健康保険、義務教育、事実上全入の高校も、これら殆どが公共（事業）である。働く者の立場から言えば、安定した職業である。しかし、小泉改革や民主党若手の考えていることの延長には、これらはすべて、民間に移行すべきだという社会観がある。公の行う仕事の全てが非効率であり、役割がなくなっても民間のように自然消滅しないからだ。

私はこの考え方の人達を「リベラルを装う『原理主義的』市場経済主義者」と呼んでいる。共産主義者も、市場経済の上に、しかたなく、その論理を組み立てようとしたら、この立場と福祉国家論との折衷のなかに求めるしか無い。そして、この考えの他に有効なモデルが現存しないのだ。

（六、かえるの子はかえる「新封建制度」という時代区分）

しかしながら、前項の意味に、第二項で説明した「かしこ筋の家柄とアホ筋の家柄の固定化」の話を重ね合わせると、「新封建制度」という時代区分用語を近未来に用意しなくてはならなくなる。高度成長期以前、土方仲間の妹もらいという言葉と同時に自嘲的に「学者仲間の妹もらい」という言葉もあったと聞く。その後、激しい階層間移動を伴う産業の高度成長期に突入し、それは死語となったかにみえた。しかし、バブルが弾けて十余年。完全に復活しているのだ。もはや、階層間の移動は無視し得る水準まで減ってしまった。今や、かえるの子はかえるなのである。これは日本だけでなく、現在の先進国共通の現象であり、病理なのだ。花見酒経済の怖さもさることながら、長期のデフレ経済のほんとうの怖さは社会階層の固定化を伴うところにあるのです。
イラクとか北朝鮮問題の陰に隠れ、かつ政党間のネジレもあって見えてこないが、「このこと」は、だれもがじっくりと考えたほうがよい。階層間移動の極端に少ない社会といっても下方移動は簡単です。明日のあなたのお子や孫の話なのだ。

（七、母は常に憤怒の貌で描かれる）

そして、（佐世保小六殺人事件について）の「加害者の家庭は、しっかり者のお母さんと存在の薄いお父さんという構造です」の、この文脈で窺えるのは、前項でいう「このこと」に不同意の、切ないまでものお母さんの憤怒の貌です。

（二〇〇五年夏）

解説

自分の内奥を一徹に書き続けてきた詩魂

古賀博文

詩は文学の一ジャンルであり、文学であれば、その作品を生んだ作者自身の出自や経歴などと無縁でないことは当然である。ただし詩の場合、出生や経歴などの他に技法や語彙といった別種の価値観が存在していて少々面倒なのだが、こと河井洋という詩人について言えば、出自や経歴などとは絶対無縁ではありえない。本文庫に併録されている「年譜」を参照すると、河井は一九四三年生まれ。詩を書き始めたのは一九六八年に大阪・伴勇主宰の「近畿文芸誌」に入ってからである。従って、すでに四五年以上の詩歴を有していることになる。彼はこれまでに六冊の詩集を発行している。その詩集名と発行年を左に列記してみる。

『やさしい朝』（一九七〇年）
『やさしい朝　改版』（一九七五年）
『近代の意味』（一九八一年）
『日本との和解』（二〇〇二年）
『僕の友達』（二〇〇八年）
『異婚』（二〇一一年）

『やさしい朝』という詩集を二度出しているが、一九七五年版は五年前のものから「抒情小品を削除し、比較的長いものを追加」したものである。書き始めの頃、『やさしい朝』という詩世界を極めようとした彼のこだわりを強く感じる。この六冊の詩集を通読してみると河井洋が詩を書くことになった、あるいは彼が詩に書き続けてきた幾つかの主題が明らかになってくる。以下、詩集ごとにそれを見ていきたい。

●『やさしい朝』

自分の幼年時代の記憶、特に母との交わりに固執しがちな作者がここにいる。五男三女の末っ子として生まれたことに起因した、やや屈折した母への思慕の情が判読できる。これは後の詩集で語られていることだが、二人の兄を就学前に水の事故で亡くし、長兄も就学前に脳膜炎をわずらい障害児となっていた。そうした翳さす部分を秘めた家、特に障害を負った長兄の将来を慮った母の不安気な表情などを見るにつけ、母に甘えたい、母を独占したいという自分の感情を幼心に押し殺すほかない現実があり、結果として作者に複雑な感情線を刻印させたと推察できる。

●『やさしい朝　改版』

前述した『やさしい朝』の延長上にあり、作者の日常が主テーマになっている。しかし、前集と比べて自分の幼年時代に固執した作品は減り、かわりに在日韓国人の人々との交流、ゼネコン社員として全国の工事現場を転々とする自分の生活、母親が亡くなって一年後に詩の縁によって結婚した妻のことなどが多く語られるようになっている。この中に収録された「山電姫路駅裏通り」は、この時期の彼の代表作だろう。まだ独身だった頃、交流のあった女性たちの記憶に始まり、幼少の頃の思い出、父の葬儀の様などが（一）～（五）といった区分でフラッシュバック風に延々と綴られている。長篇詩を書く際の河井特有のユニークな書式が初めて使用されたという意味でも、本作品は忘れがたい。

●『近代の意味』

兄姉が多かったという自分自身の生い立ちを擦過して、日本の戦後社会の時空に巣食う歪みを鋭く摘発し、抉りだし始めた作者に接することができる。「水村」「荒川入水事件考」などはこのジャンルの佳篇である。そういった意味では、彼が生来持ちあわせていた社会派としての琴線に火がついた一冊と評せる。しかし、振り返って見れば、この導火線は前集『やさしい朝　改版』の中の在日の人々との交流やゼネコン社員として全国を転々とする自分の生活などを綴り始めた辺りにすでにあったものだと気づく。また、結婚した妻のことが盛んに描かれており、彼にとって、幼年期に一番身近にいた母という異性と距離を置かざるをえなかったぶん、まるでその反動のように妻という異性の存在がいかに大きく、生きる上でも、詩を書く上でも、作者にとって不可欠なものであるかが理解できる。彼には三人の姉がいるのだが、同じ女性でも、作品を読む限り、彼にとって姉は幼い孤独心を埋めあわせてくれるような対象ではなかったようだ。また「幻の魚」という作品は（一）は改行詩、（二）〜（五）は散文詩として書かれているが、ここでの散文詩は、どちらかと言えばエッセイに近い読感を覚えるものだ。つまりこれは、溢れでる感慨の奔流に対して、詩では表現しきれないものを伝えるために、作者によって採択された叙述法だと言える。

●『日本との和解』

特に前半、前集の社会派路線から離れ、再び自分の家族を主題に据えた作者がいる。日常性の中に浮かびあがってくる様々な想念を軽妙に記す作者がいる。あくまでも自分自身の身辺域に生起する事象、あるいは過去の記憶にまつわる事象が主テーマである。ここでも繰り返し、自分の生い立ちや家族のことが語られる。特に障害を抱えた長兄に関する心の疼きが、現在でもいかに根強いかが「鴇色の朝」「喪失の意味」などの諸作から理解できる。しかし、本詩集で特筆的なのは「N氏への手紙」以後の作品に描かれた、彼がサラリーマンとして真摯に社業に取り組み、業務を全うするため粉骨砕身努力している様子が判読できる作品群である。河井はゼネコンに勤める土木技師である。編み上げ靴を履き、作業服を着て、ヘルメットを被り、現場と事務所を往復する日常。社員として果たすべき責務の中に、自分の生きる意味や生き甲斐などを見出し、サラリーマンという一定枠に自分をはめ込むべく腐心する作者が、この諸篇の中にいる。よく職場内や上長、同僚たちを観察し、良い所・悪い所を抽出し、相対化し、批評を加え、結局、自分自身の修正代として受領する彼がいる。前詩集『近代の意味』から実に二一年もの年月を経て本詩集は刊行されているが、それはいかにこの間、彼が社業に邁進し、没頭していたかを示す証拠の一つだろう。「年譜」を参照すると、この頃、彼は仙台支店から大阪支店、さらに土木部から安全環境部へ転勤になっており、ずいぶん多忙な日々を送っていたことが分かる。

●『僕の友達』

この詩集から河井詩は、また新たな表情を見せ始めたというか、自己の持てる新たな要素を提示するに至った。それは異界・異郷といったものへの接近である。「きつね」はこの種の作品の中では忘れがたい好篇である。遠出したドライブの帰り。急に降りだした雨。気がつけば助手席と後部座席に座った妻も二人の娘も生来の狐にかえり、尾を抱えて眠っているというシチュエーションは絶妙である。この異界・異郷との交信が、それまで自分の生い立ちや家族のこと、仕事上のしがらみ、社会派としての批評などに終始してきた河井詩にまったく違うベクトルと幅を与え、奥行きのある味わい深いものに生まれ変わらせた。「むじな」は彼岸と此岸、あの世とこの世のクロスポイントに位置して書かれた作品の極致である。本作品の中に「連立方程式を解きましょう」というセンテンスがあるが、いかにも技術者らしく、異界・異郷の幽玄性を繙く彼の呼吸法が披露されている。詩篇を書くために、自分が見知っている口承や故事などを取りあげ、さらに各地に点在している伝説や伝承、神話などに取材している。これは河井風フォークロアの取り組みとでも評して良いものである。フォークロアとは民俗学的意味合いでもちいられる用語だが、河井は自分固有のフォークロアを発信しはじめたのだ。「僕の友達」という書名が異界・異郷のモノ達をさすのは自明だ。この詩境がいったいどこからもたらされたものかと考えれば、それが第一詩集『やさしい朝』の「いのち」「河」「メルヘン・以後」「竹林」「一乗寺の秋」あたりの佳篇とあい通じるものであることに、今更ながら気づかされる。なお、河井詩において散文詩は、改行詩では十分に言い表せない事象を記述する場合に使用され、ずっとエッセイ的な読感を引きずっていたのだが「喫茶『茱萸の木』の客　I」以後の作品に接すると、散文に関しても〈叙述の美〉を追究しはじめた彼の意識の変化に気づく。

●『異婚』

前詩集で異界・異郷の描出に初めて手を染めた作者が、ここでは全篇でその世界を徹底追究して見せる。「異婚」という表題作はない。ただし、当該詩集の第四章は「異婚」と題されている。この表題には「異界・異郷へさらに肉迫し、一体化を果たして行くぞ！」という作者の決意がこもっている。なかでも「恋狐」は、この種の詩趣において河井がいきついた珠玉の一篇である。人間（男）に助けられた雌狐が、その男のことが忘れられず、人間の娘に化けて訪問、同棲し、その男の子供を生むという民話は広く各地に見うけられるが、その民話に題材を採り、河井流に咀嚼し、佳篇へ仕上げている。「あとがき」で作者自身が本集について「物語（譚）を集めた／物語は物語としてのみ存在させ、極力寓意を差し挟まない作品を選んだ」と記しているが、その意図は本詩集に高い完成度をもたらしている。

以上、既刊六冊の詩集について思いつくままに印象を記した。ここにきて、あらためて河井詩に盛られてきた幾つかの要素が明らかになったと感じる。左記してみたい。

①八人兄姉の末っ子という家庭環境に生まれ、兄たちが夭折したり、障害を抱えるなど多大な心労を両親は日常的に抱えていた。そんな日々にあって、母親に甘えたくても甘え切れない屈折した心情を根深く蔵している。

②学校で土木科を専攻し、その後、ゼネコンに就職し、全国各地の建設現場を転々とする生活を送った。サラリーマンとして社業に真面目に取り組み、与えられた職責を果たすために、過重なストレスを抱えながらも、自分なりに砕身努力してきた。

③同じ文芸誌のメンバーだった女性を縁あって妻に迎え、彼女の存在に支えられ、刺激を受け、コミュニケーションを交わす中から詩的にインスパイアされる部分が大だった。

④戦後、日本の復興を目の当りにし、また自らもそれに係わる業種・立場にあったことから、必然的に社会や政治の歪みを見るようになり、社会派としての作品群を

書いてきた。

⑤すでに第一詩集に表われていた不可視なモノを観る資質が、六〇歳を過ぎる頃から異界・異郷と交信するアンテナとして大きなウェイトを占有するようになった。自己の内外に存在する不可視なモノに取材し、その本質を踏査する姿勢から詩が生成されている。

詩集ではないが、河井は二〇〇九年に評論集『麻と日本人』を刊行している。これは日本における麻の歴史を古代から現在に至るまで調べあげ、麻にまつわる日本人の想念・思念を浚渫しようとした労作であるが、ここにも彼の持つ右記④⑤の資質が如実に表われている。

以上①～⑤の要素が重層的に表出し、書かれたものが河井詩である。ページを捲っていて、とにかくマルチなアンテナを有した作者という印象を抱く。また、ある事象を描くに当たって、その事象に関してかなり深い理解のもとに叙述されている。利発な人だと思う。詩を書く際は改行詩で書くことを基本としているのだが、記述したいことが多すぎて、改行詩で書き切れないものが散文となって迸り出てくる印象を伴っている。ずいぶんプライベートな淵から、ずいぶん個人的な情理を下敷きにして、矢継ぎ早に書かれた触感を覚えるが、それもこれも作者にとっては自分が持って生まれた業から抜け出し、それを清算するため、自己の因縁の深さから解放されるため、背負って生まれてきた荷を軽減するために、どうしても書かねばならない詩群だった。これほどまでに自分の内奥事情にこだわって、内面にあるものをテーマに据え、一徹に書き続けてきた詩魂も珍しい。

プライベートな事情や成果ばかりが目立った印象があるが、河井詩が広く誇って良いものがある。それは、自分が見聞きし、経験した事象をどうしたら普遍性を付加しながら表現できるのか？　日本各地に上代からある故事や伝承などを、どう処理すれば現代にフィットした形で蘇らせることができるのか？　その事象に関連して表記したいことが山ほどある場合、どんなフォーマットを使えばちゃんと射止めることができるのか？　そんな問いに対する一つの答えがここにある。そんな見方で河井詩を参照するのも良い。

ごく個人的な事情をベースとした河井詩の生成と変容。しかし、その豊かな普遍性を帯びた稔実にこれからも大いに期待している。

河井洋の詩の読み方

永井ますみ

河井さんは一九六八年に伴勇氏主宰の詩のグループである近文社に入って、詩誌「近畿文芸誌」に六九年頃から書きはじめている。一方、私は一九七一年に近文社に入っているから、少し私が後追いをしていたということになる。若い頃は特に人に慣れることが遅かった私が、親しく河井さんと（その頃は天野たむると称していた）話をするようになったのは、随分年数が経ってからだったと思う。

近文社の主宰である伴勇氏は、環状線天満駅近くに事務所を借りて、住まいともしていた。そこでは何人かの女性たちが、タイプライターを打って版下を作る作業などをしていた。私も本業が休みの時など、その操作を習ったりしたことが懐かしく思い出される。
伴勇氏は、大企業に勤めていた河井さんを何かというと頼りにはしたが何度も諍い、彼の略歴にいうところの「放逐」状態になったことは確かだ。
一九九二年に伴氏が亡くなり、二〇〇〇年になって横田英子主宰の同人誌「リヴィエール」に加入して現在に至っている。この間、西一知氏の「舟」に拠って詩を書いていたようだが、仕事柄あちこちを転々としていたこともあり、時たま詩誌を見せて戴く位のお付き合いだった。まあ、私や同人たちとの経緯はこれくらいにして、詩集に目を通してみたい。

在日といわれる人々

連作の「山電姫路駅裏通り」は若い頃の〈おれ〉と、子持ちの女との交流を中心に、ひととしての在り方をしきりに求めて書かれてあるように思える。

二年もむかしのことだ／焼肉のけむりのなか／もうちょっとむこうに／いま殺したばかりの肢体があるような／その内臓さえ余すことなくたたきこむ／夜の胃袋

「山電姫路駅裏通り（二）」

何気なく挟まれる多分幼なじみだと思われる女の名前。

でも、私の方は憶えていますよ。姜末子です。思い出してくれたでしょうか。／……／人としての、いえそのことばが今はみにくいものに思えます。ほんとうは、だれも、ふりむいてはいけなかったのです。

「山電姫路駅裏通り（終章）」

長い詩の中に時折挟み込まれる〈サンデン・ヒメジ・エキウラドオリ〉という単語が音楽性を帯びて、読者をその長い筈の流れに巧みに引き込んでくれる。
「もう一つの八月十五日」でも在日についての夫婦の対

話があるが、それには過去に一緒に詩を書いていた在日の友人への思いが熱く籠もっているものだった。

妻と私　沈黙は多弁の形をとり／共通の友人のHやSのことを想うのだ。／在日朝鮮人と書くべきか／在日韓国人と書くべきか尋ねたこともないが／Sの書いた「春」という詩には／はやく消さないとほんとうの冬が来ます。／とある。／むろん三十八度線のことだ。／／妻は朝鮮に関したニュースに接すると／全身で　どもってしまう。

しかし、八月十五日の朴正熙襲撃事件そのものについては、既に四十年という年数が経っているので、概要を示すためにウィキペディアから引用しよう。

文世光（ムン・セグァン）事件は、1974年8月15日に大韓民国（韓国）大統領・朴正熙の夫人、陸英修が在日韓国人の文世光によって射殺された事件である。同時に、式典に合唱団の一員として参加していた女子高生・張峰華（当時17歳）も、朴大統領に迫る犯人に向けて応戦した大統領警護室のセキュリティポリスが撃った流れ弾に当たり、事故死した。この日は日本からの解放記念日である光復節の祝賀行事がソウルの国立劇場であり、朴夫妻がその行事に出席している時の出来事であった。

近代ということ

彼は子供の残虐性をもって、近代論を展開する。

村には「門付・遊芸人・伝染病の罹者の入るを禁ず」という高札が掲げてあり、

だが、／『村』では大人が獣だ。／永遠の獣性が『村』を形成し辻に高札を立てる。／それは、／自らが差別者であるという奇矯な誇りにみち、「水村」

自分達が子供であった時代に繰り広げた弱者へたいするイジメ（イジメというのは最近作られた単語だと思う）は大人であればあり得ない筈なのに、子供のままに捨て置かれた感性こそが近代でしかないというのだ。

夢の中では橋を渡ると道が大きく右に曲がっており、老いた私は、その道を行かず、正面の山腹の小径を歩んだのであったが、ほんとうは、もっと右よりに、堤から川原に降る方向に小径が続いていたのではなかったのか。

「幻の魚（四）」

彼は人として多数派ではない方を、敢えて取ろうと語っているのである。右派の残虐ではなく、左派のおごりに与せずと。幻の魚シーラカンスは環境に適応することができず、子孫は繁栄しなかったけれど、次の代に橋渡しすることができたことに比定して。

一九七〇年代はまさにそれを各自へ問う時代だったと思う。

夢と現実と

河井さんはお母さんを亡くした翌年に、近文同人であった小田悦子さんと結婚した。小田さんは小柄で利発な娘であった。

びっしょりと夢の重さの中で／放心した　母さんを知っている／日常という大根洗う井戸端／母さんは鈍く光る包丁握り締め／いまだ七歳のままの長兄を切り刻む／かつて一度も見せたことの無い獣の微笑うかべ／まだ重過ぎると血の骨を砕く「鴇色の朝」

かあさん！／このごろまた、かあさんの夢を見る／かあさんはいつだって小さくてやさしく／姫鏡台を卓袱台の上にのせて髪をすく／すきおえたあと、なでたように丸い両の肩で／一度だけ深く呼吸する。／……／かあさんは　男児五人女児三人を生んだ。／男児二人を就学前に水の事故で失い、／長男も同じ就学前に脳膜炎で障害児となる。／……／かあさんの一周忌の年に私たちは結婚したから／妻は私のかあさんを知らない。／だから当人が／いかに私のかあさんに似てきたかを知らない。／かあさんの夢を見るのはきっとそのせいだと／妻の鏡の前に立つ後ろに立って／そっと　かあさん　とよんでみる。

「不帰は鏡の前に立つ妻の背中で」

一年やそこらで妻が夫の母に似てくる筈もなく、彼は図らずして母に似た女性を娶ったのだった。

譚として

二〇〇三年にめでたく大企業を定年退職した河井さんは、堺市の鳳という町に喫茶店「氾濫」を開業された。朝早くから開店してサラリーマンに重宝がられているとか。昼は結構ヒマで、詩もずんずん発表することになった。なかでも詩集『僕の友達』のなかの「きつね」は秀逸である。遠出のドライブの帰り決まって寝てしまう下の娘。彼女が眠ると雨が降り出すというジンクスを語った後、小雨が残る中に陽がさして狐面をつけた祭りの一行が通る。

きがつけば助手席の姉も／後部座席の妻も／下の娘ともども／みんな尾をかかえて眠っているのでした

「きつね」

近文で詩を書いている頃から、私達は常に〈自分の立ち位置〉という事を気にしていた。私などは男になったり蟻になったりして書いていたので、特に糾弾されたものだった。

河井さんは常に今生きてある男としての位置で詩を書いてきた。近代の意味、自身の幼少期の意味、現実の仕事の位置などが主な関心事だったのではないか。

定年になって、それらからすべて解放された訳ではないが、少なくとも仕事や成長してしまった子供に対する責任からフリーになって、すごく身軽になったのではないか。そして、自分の位置を明確にする必要のない譚に目覚めたのだと思う。

熊野の山奥は今も秘境でひとのような熊のような狐のような烏のような、どれもこれもまさに僕の友達ばかり。一緒に風呂に入ったり、こんにゃくを突いたり、梟まで出現してくる始末だ。セキレイ、ヒワ、ゴジュウカラ、愛しの妻でさえ妖しい。


妻は薄目で外を見て、ほらおとうさん、温室に灯りが、と。／自分の顔がそのあかりに照らされて、蛇になり般若になり、ときに広隆寺の弥勒みたいな男の子にと変化明滅していることも知らずに。／そうです、／これは私の見たままの記述です。／でもとうの妻には絶対内緒です。

「あかり」


そうして、街の中でも平行移動して遊んでいるようだ。狭いラーメン屋の場面設定なのだが、

また次の客が来　潮時と腰を浮かすと／「勘定は全部、先の人が」と／こういうこともあるかと／「じゃあ」と先客に倣った／ドアの外　正面がいきなり赤煉瓦の門塀だった／紅灯に浮かぶアーチ型の門が／色目の違う煉瓦で塞がれ／延びる塀の一部となっていた／「気にしないでください」／と店主がいうものだから／てっきり塀と店の三尺に満たない隙間を／ぬけるものとばかり思って／向きをかえようと身をよじるさい／門塀に上半身を預けたら／すうっと（体ごと門塀を）抜けてしまった／／そこは眩いばかりのネオン街／……
「都市の記憶　Ⅰ」

最後に奥さんのこと

河井さんは地域の説話などにも随分詳しいのだが、彼のこの頃の豊富な知識については奥さんである悦子さんの力も無視してはいけないと思う。二人で話をしている内にひとつの詩が成り立って行くのだから、まことに羨ましいとも言える。

なにか忘れ物をしたような夕焼け／もう子たちはすだち、なんのうれひもなく／コンと一言／そう、律儀にだれかを支えたことも／ふたりして子をそだてたことも／なにより、恋したことも、みんな、いえ、決して／忘れたわけではないの／／ねえ　「恋狐」

なんという美しい夕映えであろうか。妻であって、母である彼女の立ち姿がである。

河井洋年譜

一九四三年　四月十二日　父淳三、母やゑの五男として誕生。静岡県島田市大井町二九一〇の二番地。
一九五〇年　島田第二小入学。
一九五六年　島田第一中入学。
一九五九年　静岡工業高校（土木科）入学。
一九六二年年三月　同校卒業と同時に鹿島建設㈱就職。同年、東京本社で一か月の研修をおえて横浜支店配属。同年六月静岡県清水三保の現場に配属。以来、静岡県、山梨県、神奈川県下の現場を転々。以下記載する地名等は社内異動に伴うもの。
一九六五年十月　父死去（満六十一歳）。
一九六六年　大阪支店転勤。以来、滋賀県の木戸山スキー場建設現場を振り出しに現場を転々。
一九六七年十月から六八年九月　広島支店管内の現場に配属。激務で六二キロの体重が五三キロまで落ちる。
一九六八年末　大阪万博関連工事に配属。そのころサンケイ新聞の三行案内記事で詩の同人誌なるものの存在を知り入会、「天野たむる」を筆名とする（伴勇主宰、横田英子代表　近畿文芸詩社―通称・近文）。約一年、どんなものが詩というのかわからずに小品を書いていたが、同人の石村勇二、外部詩人の村岡空両氏の比較的長文の「叙事的抒情詩」の影響を受けて「山電姫路駅裏通り」のシリーズものを書く。
一九七〇年　新詩流文庫②として第一詩集『やさしい朝』出版。
（このころ「ローマクラブ宣言」なる存在を知る）
一九七一年六月　母死去（満六十九歳）。八月から十二月の五か月間、北海道苫小牧に赴任。
一九七二年六月　同人の小田悦子と結婚（七三年に長女、七五年に次女を得る）。
一九七五年一月　詩集『やさしい朝』（VAN書房）。前回のものから、抒情小品を削除し、比較的長いものを追加。
一九七六年　西一知代表の同人詩誌「舟」に創刊より参

加。
一九七八年　近文を放逐される。
一九八〇年四月　仙台支店へ家族引き連れ転勤。
一九八一年六月　詩集『近代の意味』出版。同時に河井洋の本名とする。
一九八七年　七年の仙台支店勤務から大阪支店に帰任。その間に長女は小学校を終え、中学二年、次女は小学校を終えた。なおこの仙台在籍中に、妻は宮城教育大に入学し卒業した。
一九九〇年　近文復帰。
一九九一年　近文退会。
一九九二年三月　近文主宰の伴勇、死去。
一九九四年　土木部から安全環境部に、環境担当として異動（一九七〇年ころからの関心事項で多少の知識もあったので、助かった）。
二〇〇〇年　近文の後継誌、横田英子代表の「リヴィエール」に五〇号より参加。
二〇〇二年二月　詩集『日本との和解』（編集工房ノア）。
二〇〇三年四月末　定年退職。
同五月末　堺市鳳に喫茶店「氾濫」開業。なお、一二年までの九年は、喫茶店の二階を「伴勇記念事務所」としてＶＡＮ書房の発行詩書を集め保管したが、改築に伴い閉鎖。
二〇〇八年八月　詩集『僕の友達』（土曜美術社出版販売）。
二〇〇九年六月　エッセイ集『麻と日本人』（竹林館）。
二〇一〇年一月　詩誌「ＰＯ」入会。
五月「舟」代表　西一知死去。
二〇一一年八月　詩集『異婚』（土曜美術社出版販売）。
二〇一四年五月「舟」退会。
六月　近文以来私淑していた中正敏死去。

現住所　〒５９３―８３０３
堺市西区上野芝向ヶ丘町四―一九―一二

新・日本現代詩文庫　119　河井《かわい》　洋《ひろし》詩集

発　行　二〇一四年九月十五日　初版

著　者　河井　洋

装　幀　森本良成

発行者　高木祐子

発行所　土曜美術社出版販売

〒162-0813　東京都新宿区東五軒町三―一〇

電　話　〇三―五二二九―〇七三〇

FAX　〇三―五二二九―〇七三二

振　替　〇〇一六〇―九―七五六九〇九

印刷・製本　モリモト印刷

ISBN978-4-8120-2166-8　C0192

新・日本現代詩文庫

土曜美術社出版販売

- 91 前川幸雄詩集　解説 吉田精一・西岡光秋
- 92 なべくらますみ集　解説 佐川亜紀・和田文雄
- 93 津金充詩集　解説 松本恭輔・森田進
- 94 中村泰三詩集　解説 宮澤章二・野田順子
- 95 和田攻詩集　解説 稲葉嘉和・森田進
- 96 藤井雅人詩集　解説 菊田守・瀬崎祐
- 97 馬場晴世詩集　解説 久宗睦子・中村不二夫
- 98 鈴木孝詩集　解説 野村喜和夫・長谷川龍生
- 99 久宗睦子詩集　解説 伊藤桂一・野仲美弥子
- 100 水野るり子詩集　解説 尾世川正明・相沢正一郎
- 101 岡三沙子詩集　解説 金子秀夫・鈴木比佐雄
- 102 星野元一詩集　解説 鈴木漠・小柳玲子
- 103 清水茂詩集　解説 北岡淳子・川中子義勝
- 104 山本美代子詩集　解説 安水稔和・伊勢田史郎
- 105 武西良和詩集　解説 細見和之
- 106 竹川弘太郎詩集　解説 暮尾淳
- 107 酒井力詩集　解説 鈴木比佐雄・宮沢肇
- 108 一色真理詩集　解説 伊藤浩子
- 109 郷原宏詩集　解説 荒川洋治
- 110 永井ますみ詩集　解説 有馬敲・石橋美紀
- 111 阿部堅磐詩集　解説 里中智沙・中村不二夫
- 112 新編石原武詩集　解説 秋谷豊・中村不二夫
- 113 長島三芳詩集　解説 平林敏彦・禿慶子
- 114 柏木恵美子詩集　解説 高山利三郎・比留間一成
- 115 近江正人詩集　解説 高橋英司・万里小路譲
- 116 名古きよえ詩集　解説 中原道夫・中村不二夫
- 117 新編石川逸子詩集　解説 小松弘愛・佐川亜紀
- 118 佐藤真里子詩集　解説 小笠原茂介
- 119 河井洋詩集　解説 古賀博文・永井ますみ

〈以下続刊〉

- 1 中原道夫詩集
- 2 坂本明子詩集
- 3 高橋英司詩集
- 4 前原正治詩集
- 5 三田洋詩集
- 6 本多寿詩集
- 7 小島禄琅詩集
- 8 新編菊田守詩集
- 9 出海溪也詩集
- 10 柴崎聰詩集
- 11 相馬大詩集
- 12 桜井哲夫詩集
- 13 新編島田陽子詩集
- 14 新編真壁仁詩集
- 15 南邦和詩集
- 16 星雅彦詩集
- 17 井之川巨詩集
- 18 新々木島始詩集
- 19 小川アンナ詩集
- 20 新編井口克己詩集
- 21 新編滝口雅子詩集
- 22 谷　敬詩集
- 23 福井久子詩集
- 24 森ちふく詩集
- 25 しま・ようこ詩集
- 26 腰原哲朗詩集
- 27 金光洋一郎詩集
- 28 松田幸雄詩集
- 29 谷口謙詩集
- 30 和田文雄詩集
- 31 新編高田敏子詩集
- 32 皆木信昭詩集
- 33 千葉龍詩集
- 34 新編佐久間隆史詩集
- 35 長津功三良詩集
- 36 鈴木亨詩集
- 37 埋田昇二詩集
- 38 川村慶子詩集
- 39 新編大井康暢詩集
- 40 米田栄作詩集
- 41 池田瑛子詩集
- 42 遠藤恒吉詩集
- 43 五喜田正巳詩集
- 44 森常治詩集
- 45 和田英子詩集
- 46 伊勢田史郎詩集
- 47 鈴木満詩集
- 48 曽根ヨシ詩集
- 49 成田敦詩集
- 50 ワシオ・トシヒコ詩集
- 51 高田太郎詩集
- 52 大塚欽一詩集
- 53 香川紘子詩集
- 54 井元霧彦詩集
- 55 高橋次夫詩集
- 56 上手宰詩集
- 57 網谷厚子詩集
- 58 門田照子詩集
- 59 水野ひかる詩集
- 60 丸本明子詩集
- 61 村永美和子詩集
- 62 藤坂信子詩集
- 63 門林岩雄詩集
- 64 新編原民喜詩集
- 65 新編濱口國雄詩集
- 66 日塔聰詩集
- 67 武田弘子詩集
- 68 大石規子詩集
- 69 吉川仁詩集
- 70 尾世川正明詩集
- 71 岡隆夫詩集
- 72 野仲美弥子詩集
- 73 葛西洌詩集
- 74 只松千恵子詩集
- 75 鈴木哲雄詩集
- 76 桜井さざえ詩集
- 77 森野満之詩集
- 78 坂本つや子詩集
- 79 川原よしひさ詩集
- 80 前田新詩集
- 81 石黒忠詩集
- 82 壺阪輝代詩集
- 83 若山紀子詩集
- 84 香山雅代詩集
- 85 古田豊治詩集
- 86 福原恒雄詩集
- 87 黛元男詩集
- 88 山下静男詩集
- 89 赤松徳治詩集
- 90 梶原禮之詩集

◆定価（本体1400円＋税）